短歌の風景

門倉まさる随筆集

短歌研究社

短歌の風景　もくじ

俳句の風景

眼の開かぬ

二〇〇五年の春、ＮＨＫ・ＢＳで、「日本列島縦断俳句スペシャル」という番組を見た。番組の初めに題が出る。その言葉を入れた俳句を、ファックスで応募すると、うまくいけば、テレビに作品と作者名が出たり批評されたりする。もっとうまくいけば、選者の方が最終的に一人十二句ずつ選んだ中に入る。

一生に一度でいいから、テレビに出てみたいものだ。しかし、俳句というものは、今まで作ったことがないし、きっと何千という応募があるだろうから、素人の入るすきはあるまい。が、見る阿呆《あほう》より、踊る阿呆と言うから、挑戦することにするか。

「子猫」という題が出た。いざ、五七五にしてみようとすると、何も浮かんで来ない。頭が痛い。

一時間半も、夢中で考えて、ふと、芥川龍之介の俳句、「水洟《みづばな》や鼻の先だけ暮れ残る」が浮かんだ。ことによると、盗作ということになるかもしれないが、まあいいやと、これを元に、

眼の開かぬ子猫の鼻の暮れてゆく

と詠んだ。ところが、今度は、ファックスが、なかなか向うへ届かない。あと一分というころ

で、奇跡でも起きたのだろうか。やっとＮＨＫに届いた。もう、時間がないせいか、テレビ画面に出ることも批評されることもなかった。

がっかりして昼寝をしてしまったが、ふたたびテレビをつけてみると、何と、三千六百句の中から、宇多喜代子さんが九番目に採ってくれ、十二句のなかに入っていた。

われは犬

ＮＨＫ・ＢＳの「日本列島縦断俳句スペシャル」は、春と秋、一年に二回ある。

一度放送されたのに味をしめて、その後毎回挑戦したが、ふだん何の修練もしていないわけだから、かすりもしない。

二〇〇六年秋、「月」という題だった。

これは簡単と、確かにいくらでも数は作れるのだが、ありきたりのものばかりで、時間はずんずん経っていく。

今度もだめか、おれは才能が無い、犬みたいなものだ。おれは犬だ。そのとき、萩原朔太郎

の『月に吠える』という詩集を思いだした。その序に曰く、

月に吠える犬は、自分の影に怪しみ恐れて吠えるのである。疾患する犬の心に、月は青白い幽霊のような不吉の謎である。犬は遠吠えをする。

郷土群馬の詩人萩原朔太郎の作品には、ずいぶんたくさんのものを学んだ。特に、『月に吠える』という詩集は大好きだ。

われは犬「月に吠える」を学びたり

これは、ゲストの立川志の輔さんが、二番めに採ってくれた。

次の年の春、「ぶらんこ」という題だったが、ゲストの直木賞作家だという、まだ若い男の人が、

ぶらんこの果てなき空にこぎつづけ

を採ってくれたのはいいのだが、その理由が、受付番号が一番なので、ご祝儀だ。作品としてはあまりよくない。特に終わりの部分が甘い、とのことだった。

夕焼けの

ＮＨＫ・ＢＳの「日本列島縦断俳句スペシャル」は、二〇〇九年の春から、「ニッポン全国俳句日和」という名前になった。

内容も大分変わり、午前は、投稿句の紹介。午後は、各選者の選んだ作品の検討。六人の選者の投票により、順次優秀作品を決めていき、最後に、最優秀作品を一つ決めるということになった。

作品の題も、当日だけでなく、事前にも出て、メールやファックスなどで、投稿出来るようになった。

たまたま、五島列島のある港で詠んだ、

夕焼けの海へ鯨の見張り小屋

というのを、「小屋」という題があったので、応募した。

午前中、テレビにまったく出なかったので、がっかりして、プールへ泳ぎに行った。

昼食後、何の気もなくテレビをつけてみると、何と、この句が出ているではないか。

選者の中島信也さんが頑張ってくれたが、六千八百句の中のベスト二十四で、負けてしまった。

以下、どんな批評があったか、箇条書きにしてみると、

「海へ」の「へ」が、小屋の向きとか、立っている鯨捕りの男の向きとかがリアルに表現されている。「へ」の中に男のロマンがある。

夕焼けの海というのは、鯨ウオッチングなどで、どこかで詠まれているような感じがある。

「夕焼け」も「鯨」も季語だから季語が重なっている。

「海へ」の「へ」に違和感がある。「海へ」の「へ」は海へ向かってという意味の省略なのだろうが、その感じがうまく出ていない。

鯨の見張り小屋があって、海が出て来るのは重複でうるさい感じがする。何も言わずに、「夕焼け」と「海」をぶつけたら、もっといい句になったろう。

千万手

ＮＨＫ・ＢＳの「ニッポン全国俳句日和」も、新しい企画になってから、選者の方々の年齢がずいぶん若くなった。年齢による感覚の違いはどうにもならないもので、どう頑張っても、超えられるものではない。

一回目の春は、何とかテレビに出ることが出来たけれど、もうこのへんで年貢の納めどきかと思った秋。題は「手」で、何と、ゲスト選者に林家木久扇さんが入っているではないか。

木久扇さんは、テレビの「笑点」で見るだけでなく、浅草演芸場の一番前の真ん中の席などで、ずいぶん落語を聞いている。年齢もわたしとほとんど変わらないと思われる。

よし、この人を狙い撃ちにしよう。ここで勝負するしかない。そこで詠んだのがこれである。

　千万手観音いませ飢えの冬

世の中に、千万手観音《せんまんじゅ》なんて存在しない。そういう言葉はもちろん無いから、辞書にも載っていない。落語家ならきっと興味を持ってくれるだろう。

そして、飢えという語、木久扇さんの世代はまず、百パーセント、経験している哀しい現実。例外なく人の心を揺する、冬という言葉。

木久扇さんがこの句を採ってくれたのは放送が始まってすぐだった。この回から、ベスト百選というのが加わって、

横笛のハニワの手にも秋の冷え

が入った。こちらは、どなたが選んでくれたのかわからない。

天上の

「群馬の森」のなかに柳絮《りゅうじょ》を飛ばす木があるなんて、まったく知らなかった。

二〇〇五年の五月末の朝、いつもの散歩道に、白い小さな虫のようなものがふわふわと浮いているのを見た。てのひらに受けてみると、なんとなく温かく、小さな綿のようなもので、虫ではない。

次の日は風に乗って、森全体を包むように、その白い綿のようなものは、舞っていた。

辞書で調べてみると、柳絮とは白い綿毛のついた柳の種子。また、それが春に飛び漂うことと書いてある。

一目ぼれといったらいいのだろうか。それからは、毎日、柳の木の下に出かけて行き、俳句を詠んだ。

五日で百句。また五日で百句。たちまち、三百を超えてしまった。

まるで生きもののような柳絮は、あるときは、高い柳の木から、ほとばしるように激しく空中に踊り出し、あるときは静かに沈んで来る。草の陰に安住の地を探し当てたかのように落ち着く柳絮は、安らぎそのものでもある。

三百句を全部投稿するわけにもいかないから、いくつか出したうち、この二句が朝日俳壇に載った。

湧く飛ぶ舞ふ漂ふ柳絮どこまでも

天上の柳絮すべてが落ちにけり

チベットの首都、ラサのポタラ宮に行ったとき、八月だというのに、何処からか柳絮が舞ってきた。

主《あるじ》のダライ・ラマがインドに亡命して、はや、六十年。柳の木は毎年、柳絮を飛ばしつづけているのだろう。

菅原道真の歌を借りて、ダライ・ラマの気持ちになって詠むなら、
北風《きた》吹かば天翔《あまがけ》り来よ柳絮たちあるじ無しとて春を忘るな
天翔るとは、神や人などの霊魂が空を飛び走ることを言う。柳絮にはそんな雰囲気がある。

冬桜

インターネットの二〇〇八年十二月八日の「残日録」の記事に、

◇冬桜あの世のいろと言ひしひと（高崎市・門倉まさる：朝日俳壇　大串章選）

なぜか「あの世のいろ」に惹《ひ》かれました。

選者の評は「冬桜の白く寂しい色を『あの世のいろ』と言った人。その人も早この世にはいない、と思わせるのはこの句の閑寂な語調であろう」と書かれています。

寂しくて死を近くにおいて詠まれた句だと思います。

と載った。

冬桜を「あの世のいろ」と言ったひとは、昭和五十五年（一九八〇）、三十八歳で亡くなった、松原めぐみさんである。日本児童文学者協会群馬支部、虹の会で、わたしとともに、童話を書いていた。

残されたたくさんの作品のなかで、わたしのいちばん好きなものが、「こさむっ子」である。あやりという名前の女の子が病気になり、高い熱を出して眠っているうちに、こさむっ子たちと友だちになる。向うのしろ山で、まりつきをしたり、あやとりをしたり、歌ったり、笑ったりして、遊ぶ。

こさむっ子は、生まれるとすぐ亡くなった子どもたちなのだった。そして、あやりの病気が治ると、みんな冬ざくらになってしまうのである。

冬ざくらは次のように描かれている。

その花は、ほんのりべにいろがかった、白い小さな花でした。枝のあちこちに、そっとくっつくようにさいていました。星がおりてきて、とまったようにも見えました。青空の下で、とてもひっそりとした静かな花でした。

露の世の

高崎市の俳句の会で「露」という題が出た。参加者は二百人くらいだったろうか。この句はかすりもしなかった。

露の世の婆ちゃん抱っこ爺抱っこ

がっかりして、朝日俳壇に投稿したら、金子兜太《とうた》さんが批評つきで採ってくれた。

「露の世」というのは、深刻に考えればきりがないが、はかない、みじかい、つかのまの、という意味だと理解したのは、この句のモデルである孫娘が、一年生になり、とつぜん、膝に乗って来たときである。その重いこと。痛くて、悲鳴を上げてしまった。

孫を抱っこできるのは、ほんのつかのまで、せいぜい、保育園までなのだろう。で、もう孫は抱っこ出来ないのかというと、そんなことはない。横浜に、まだ二歳の孫娘が居る。この孫娘が、初めて我が家に来たときは、一歳になったばかりで、重さがあるような無いような、妙な感覚だった。

NHKのBSで募集した俳句の題が「春の水」。どう考えても句にならないので、苦し紛れに、

孫娘抱けばふはふは春の水

というのを出したら、一万句を超えるなかから、百選に入った。

恋の猫

「群馬の森」三代目のボスは、かくれもなき野良猫、白黒のブチ。捨てられて来た猫も多々ある中に、素性正しい、森生まれの雄である。

まだまだ寒い春。季節は猫の恋。猫のかん高い声、唸《うな》り声、甘え声が森を覆い、こだまする。

その間、飲まず食わず、人間とちがって恋に命をかけるわけだから、四日も経つと痩せ細って体が小さくなってしまう。

恋の猫顔が大きくなりにけり

顔が大きくなるわけではない。顔が大きく見えるだけである。読売俳壇に宇多喜代子さんが採ってくれたのだが、選者も猫をよく見ているのだ。

子育ては雌の仕事。このころになると、ボスは体も回復して、のんびりと、木漏れ日を浴びて昼寝の毎日。

森の中の猫の子育ては、簡単なことではない。カラスや人間など、天敵が多いからである。側溝のふたの下がいちばん安全なのか、子猫の声が聞こえて来ることがある。しかし、親はたくみに、隠れ家を移し、天敵に襲われないようにしている。

大雨となると、側溝には濁流がなだれこんでゆくわけだが、猫は何処に子を隠すのだろう。頭のいい親も居るもので、藤棚の上に棲んでいるのを見たことがある。枯れ藤は子猫をうまく隠して、カラスの攻撃にも耐えられる要塞ともなっているようだ。

ハクモクレン

ハクモクレンまだ咲かないか咲かないか

これは、二〇〇八年の春、読売俳壇に載ったものである。この句のハクモクレンは、他の花に置き換えてもいいのではないかと考える人はいるだろうか。まだ咲かないか咲かないかと開花を待つ気持ちは、梅であろうと、桜であろうと、すべての花に抱く、人間の素直な思いだからである。

三百年ほど前、こんな話があった。

行く春を近江の人とおしみけり　　芭蕉

この句について、松尾芭蕉が弟子の向井去来に、「近江は丹波、行く春は行く歳に変えてもいいのではないかとある人に言われたが、あなたはどう思いますか」と聞いた。去来は、「置き換えることは出来ません」と答えたのだが、この「置き換えることが出来るかどうか」をふるふらぬ論という。

さて、ハクモクレンの場合はどうなのだろう。「群馬の森」の正門を入って少し歩くと、広い芝生に出る。その芝生に入ってすぐ、二本のハクモクレンの木が立っていて、わたしの散歩コースにあたるので、毎朝、お目にかかっているのであるが、咲いたときは、広い森が、空いっぱいに明るくなり、写真を撮る人たちで賑わう。

それもつかのま、五日ほどで花は散り、だれも見に来る人はいなくなる。

散った花々の下には、小さな銀のつぼみがついていて、一年三百六十五日のうちの三百六十日はつぼみのままなのである。毎日毎日つぼみを見つづけていると、まだ咲かないか咲かないかという気持ちになる。

逆巻くや

インカ帝国が滅んだのは、一五三二年十一月十六日。皇帝アタワルパを戴く三万人のインカ軍が、フランシスコ・ピサロ率いる百六十四人のスペイン軍に負けてしまったからであるが、スペイン軍の勝利は、大砲や小銃などの武器のおかげだというのが定説となっているようだ。

しかし、インカ軍も、槍やこん棒の他に、弓矢や、縄に石をつけた投石器を持っていたわけだし、あまりにも人数が違いすぎる。もっと他にも、敗戦の理由があるのだろうか。

インカ帝国では、皇帝にすべての権力が集中しすぎていた。だから、緒戦で、皇帝が捕まってしまうと、指揮命令系統は壊滅し、戦いは終わってしまったのだろう。

スペイン人たちが、インカに到着するずっと前から、文明人？　の天然痘やインフルエンザなどのウイルスが、風に乗って帝国へやってきたという。だから、スペイン軍と戦う前に、インカ軍は、ウイルスに負けていたのかもしれない。

アタワルパは兄のワスカルと、五年間にも及ぶ戦争をしており、このため、田畑は荒れ、人々は疲れきっていた。三万人の軍隊にも厭戦《えんせん》気分が漂っていたであろう。

インカ帝国は、地球を一回りする以上もの、長い立派な道を作っていた。ピサロの兄、エルナンドが、「キリスト教国中探しても、比べるもののないほど美しい道」と称えたほどである。その美しい道がやすやすとピサロの大砲を運び、インカ帝国の終焉《しゅうえん》に手を貸してしまったのはもちろん、間違いない。

マチュピチュに残っている石畳の道はインカ道と呼ばれ、今も三泊四日のトレッキングを楽しむことが出来る。

逆巻くやインカの霧の石畳

この句は、成田千空さんの選で読売俳壇に載った。

芭蕉一門

吹き飛ばす

貞享《じょうきょう》五年（一六八八）松尾芭蕉は、門人の越智越人を伴って、『更科紀行』の旅に出る。八月十一日、美濃を出て、馬籠、妻籠と、木曾路を通り、姨捨山《おばすてやま》の月を見て、善光寺を参拝した後、浅間山で、有名な、

吹き飛ばす石は浅間の野分《のわき》かな

を詠んだところで、紀行文は終わっている。

浅間山から江戸へ帰るには中山道しかありえないのに、その記述は一切無い。

もし、中山道の資料が発見されることがあれば、わたしの家は昔、その街道沿いにあったというから、芭蕉が杖をたよりに、江戸を目指す姿を、わたしの先祖が見たかもしれないと、楽しい空想である。

今から三百数十年前、命がけで俳句に取り組んでいた人々がいた。芭蕉とその一門、蕉門《しょうもん》といわれる集団である。

そのころは、まだ俳句という言葉は無く、発句《ほっく》とか俳諧とか呼ばれていたのだが、よりよい俳句を創造するために、かれらは協力しあい、仲たがいをし、安穏《あんのん》な生活を棒に振って、乞食に身を落とす人も少なくなかった。

その熱気、エネルギーは、どこから生まれてくるのだろう。芭蕉とその一門の、俳句やエピソードを、再現してみた。

木曾殿と

もう四十年も前のことだが、文学史を読んでいて、とても気になることがあった。

木曾殿と背中あはせの寒さかな

という俳句の作者が、芭蕉と書いてある。

芭蕉は木曾義仲《よしなか》に傾倒し、義仲最期の地、琵琶湖の南の粟津に建てられた義仲寺《ぎちゅうじ》に何度も足を運んでいる。遺言により、義仲の墓の隣に、芭蕉の墓があるのである。

もし、この「木曾殿と」の句が芭蕉の作であるならば、亡くなったあと詠んだことになる。いろいろ調べてみたが、はっきりしない。そこで、義仲寺へ行ってみることにした。

東海道線の膳所《ぜぜ》駅で降りて北へ十分ほど歩く。小さな、目立たない寺である。年配の品のあるお坊さんと、長いこと話しこんだ。そして分かったことは次の通り。

この句は、芭蕉が元禄四年（一六九一）の六月二十五日から九月二十八日まで、この寺に滞在していたとき、九月十三日、伊勢神宮の神官で、伊勢神宮に神楽《かぐら》を奉納する仕事をしていた又玄《ゆうげん》という弟子が訪ねてきて、無明庵《むみょうあん》という建物の中で詠んだものだという。無明庵は、木曾殿の墓の隣にあり、まさに背中合わせである。

問題は「寒さ」という語が何処から生まれてきたかだが、『万葉集』に「朝明の風は袂寒しも」とか「鴨が音《ね》の寒き夕べ」などの用例があり、これが元ではないかといわれている。

この時、又玄は、神官の間の勢力争いに敗れ、極貧《ごくひん》のなか、精神的に相当参っていた。

わたしは、その追いつめられた作者のこころと、この粟津に、最後はたった一人となって討ち取られた木曾殿の気持ちが一つに溶け合い、「寒さ」という言葉に昇華したのではないかと思う。

岩鼻やここにもひとり月の客　　去来

この句が好きである。京都嵯峨野の落柿舎《らくししゃ》近くの向井去来の墓が、とても小さくて愛らしいせいもあるが、何といっても「岩鼻」がわたしの出生の地であり、半世紀以上も住んでいる場所だからである。もちろん、この句の岩鼻は、群馬県高崎市の岩鼻ではない。

去来は、「明月に乗じ山野吟歩《ぎんぽ》し侍るに、岩頭また一人の騒客《そうかく》を見付けたる」、つまり、月を見ながら俳句を詠んで歩いていたら、岩鼻に、自分と同じように月を見ている人を見つけた、という場面での句とする。一方芭蕉は、岩鼻にいるのは作者自身であると考える。作者はただひとり、岩鼻にいて、月に対して、

「お月様、あなたを愛《め》でる人は数多いが、私もそのひとりです」

と、名乗り出る句とするのである。去来はいたく感動する。

この部分、実は、気になることがある。それは、『去来抄』の他の場面では、芭蕉は、丁重《ていちょう》に、去来に接しているのに、ここでは、

「ただ自称の句となすべし」

と、きわめて命令口調なのである。これは、何故なのであろうか。
芭蕉は、このころ、古典をもとにした俳句を、盛んに詠んでいた。

嵐吹く月のあるじは我ひとり花こそやどと人も尋ぬれ　藤原定家

という古歌がある以上、「月のあるじは我ひとり」つまり、岩鼻にいる者こそ、ただひとり、作者自身でなければいけなかったのであろう。
岩鼻という地名は、高崎を含めて、少なくとも四つある。山口県には鉄道の駅まである。埼玉県東松山には、古墳群があり、長野県塩尻には、何と、「岩鼻や」の碑が建っているそうだ。去来が、はるばる長野県まで来たという資料は見たことがないが、建立《こんりゅう》は、寛政十一年（一七九九）だというから、塩尻の岩鼻にも、今から二百年以上も前に、去来の熱烈なファンがいたのであろう。

古池や

古池や蛙飛こむ水のをと　　芭蕉

この句ほど不思議な、よく分からない作品も珍しいだろう。

蛙の飛び込んだのは古池だと言う人がいるが、芭蕉庵近くの隅田川だと言う人もいる。いや、古池は現実のものではなく、作者の心に浮かんだもので、そこに蛙は飛び込んだのだとか。

名作だと言う人も多いし、駄作と言う人も少なくない。

この作品が芭蕉にとって、どんな意味があったのか、三百年前の様子を、今残っている資料に基づいて再現してみると、初め出来たのは「蛙飛こむ水のをと」だけで、上の五文字が無かった。宝井其角が「山吹や」とつけたのだが、芭蕉は納得せず、推敲の末、「古池や」に決定したという。

其角が、「山吹や」と考えたには理由がある。

和歌には、『古今和歌集』、『後撰和歌集』、『拾遺和歌集』、『新古今和歌集』など、蛙は山吹と対《つい》になって詠まれることが多かった。其角は、和歌の伝統の上に乗ったのである。

そして、芭蕉は、そのころ、日本の文化の伝統から離れ、独自の世界を目指そうとしていた。

貞享三年（一六八六）江戸深川の芭蕉庵で「蛙合《かわずあわせ》」が行われた。これは、蛙を詠んだ句を二十組、左右に分かれて、優劣を競うものである。山口素堂《そどう》、服部嵐雪、河合曾良、向井去来、宝井其角など、四十人が集まり、この席に出されたのが、「古池や」の句であった。

この句が、その中で飛びぬけて良かったかどうかはともかく、他の作品とは、まったく違う特徴を持っていたのは間違いない。

他の作品はたとえば、

雨の蛙声高になるも哀也　素堂
うき時は蟇《ひき》の遠音も雨夜哉　曾良
泥亀と門をならぶる蛙かな　文鱗
釣得てもおもしろからぬ蛙哉　峡水
ここかしこ蛙鳴江の星の数　其角

このころは、まだ、談林派の影響がかなり残っていて、奇抜なもの、滑稽なものが喜ばれていた。芭蕉の句は、ふだん使われている普通の言葉を使って、作品にしている。

また、蛙といえば鳴くとか声を詠むのが普通だったのを芭蕉は音に着目した。

芭蕉自身、このころまでは、

かつら男すますなりけり雨の月

我が黒髪撫でつけにして頭巾《づきん》かな

富士の風や扇にのせて江戸土産

という談林風のものを詠んでいたのである。
日常語を使った、「古池や」の句は芭蕉にとって、まさに画期的であったに違いない。

をととひは

をととひはあの山こえつ花盛り　　去来

この句は貞享四年（一六八七）の春には出来ていたらしいが、芭蕉は「今理解する人はあるまい。一両年待つがよい」と、去来に言った。

次の年の春、花盛りの吉野を訪ねた芭蕉はこう書き記す。

吉野には、藤原良経や西行の桜を詠んだ名歌、安原貞室の「これはこれはとばかり花の吉野山」という句など、素晴らしい作品が存在する。それらに圧倒されてしまって、自分にはどうしても、句が出来ない。毎日ただただ、去来の「をととひはあの山こえつ花盛り」を唱えながら、歩きまわった。

芭蕉が吉野で花の句を詠まなかったのは、事前に予定していたことなのだろうか。元禄二年（一六八九）になると、この句は、芭蕉の旅のイメージと重なり、一躍脚光を浴びるのである。

行き行きて

元禄二年（一六八九）三月の末、芭蕉は曾良を同伴して、『おくのほそ道』の旅に出た。

芭蕉忍者説というものがある。芭蕉はずいぶん旅をしているのだが、この旅に限って、忍者なのである。なぜか。

忍者の里伊賀上野に生まれ育ったというだけでなく、この旅は、芭蕉の書いた『おくのほそ道』と、曾良の書いた『曾良旅日記』との間に、八十か所とも六十か所ともいわれる食い違いがあること。当時、幕府は伊達藩に日光東照宮の修繕を命令したが、莫大な出費を強いられることから、伊達藩が不穏な動きを示す可能性があったこと。仙台で比較的ゆっくりしていることから、伊達藩の内情を探っていたのではないかというのである。

だが、これらは、忍者であるという決定的な証拠とは言えず、芭蕉は胃弱で、体があまり丈夫でなく、おまけに、この旅でも、あちこち、手紙を出している。自分の所在の分かってしまう手紙をたくさん出す忍者などいるはずがない。

芭蕉が忍者でないとすれば、同行した曾良こそ忍者だろうと、とばっちりである。

曾良は忍者などという日陰者ではなく、『おくのほそ道』の旅を終えた後、幕府の巡検使（全国の政治、民情を視察する役目）の用人となって、堂々と各藩を回った。一行《いっこう》三十人分の旅費二百両を預かるほどの重要な役であったという。

宝永七年（一七一〇）、六十二歳で、壱岐《いき》国勝本で亡くなった。ところが、その六年後、上州伊香保温泉で、曾良に会って旧交を温めたという人が出てきた。並河誠所という儒者である。

『おくのほそ道』に載っている句は全部で六十二句。うち曾良の句は十一句。

わたしの好きな曾良の句は、

行き行きてたふれ伏すとも萩の原

『万葉集』四千五百首の中でいちばん多く詠まれている花は萩。二番目の梅の百十八首と比べても、格段に多い百四十二首。万葉人の心をゆさぶった萩。曾良の最期はきっと、萩の原だったに違いない。

下京や

下京や雪つむ上のよるの雨　凡兆

この句は、初め冠（上の五文字）が無かった。芭蕉をはじめ、門人たちが、いろいろ置いてみたが、なかなか決まらない。結局、芭蕉が「下京や」としたのだが、野沢凡兆は納得しない。それを見て、

「兆、汝手柄にこの冠を置くべし。もしまさる物あらば、我二度俳諧をいふべからず」

「下京や」より優れた、上の五文字があったら、芭蕉は俳句を辞めるとまで言ったのだ。

芭蕉ほどの人物が、これ以外には無いと言い切った「下京や」には、どんな理由が存在するのだろう。

この句は、『猿蓑』に載っている。全部で六巻ある、その巻之一は、

初しぐれ猿も小蓑をほしげ也　　芭蕉

を始めとして、其角、曾良など、蕉門のそうそうたるメンバーが続いている。

その中ほどを過ぎて、「下京や」の句があるわけだが、その前の二句も一緒に書きだしてみると、

霜やけの手を吹てやる雪まろげ　　羽紅《うこう》
わぎも子が爪紅《つまべに》粉のこす雪まろげ　　探丸《たんまる》
下京や雪つむ上の夜の雨　　凡兆

と、あたかも、三句がセットになっているかのようである。

凡兆の「下京や」のおかげで、探丸の句の「雪まろげ」は、下京、つまり、京の下町ということになるではないか。凡兆は探丸の引き立て役にされたといっても過言ではあるまい。

では、探丸とは、いったいどんな人物か。彼は、伊賀上野、藤堂新七郎家三代目当主であっ

て、芭蕉の元主君、蟬吟《せんぎん》の忘れ形見なのである。

芭蕉は、故郷の伊賀上野に帰ると、この藤堂新七郎家に、たいそう世話になっていたという。

『猿蓑』の中で、元主君の忘れ形見に恩返しをしたとしても、何の不思議もあるまい。

凡兆は、しだいに、芭蕉一門から遠ざかり、元禄六年（一六九三）には知人の罪に連座して投獄され、出獄後も、極貧の中にあったという。正徳四年（一七一四）、妻の羽紅に看取られながら死去。羽紅は、『猿蓑』の探丸の句の直前にある、

霜やけの手を吹てやる雪まろげ

を詠んだ人である。

何だか、夫婦で、探丸の句をひきたてたような気がする。思い過ごしだろうか。

春の野や

彗星のように、江戸時代の俳句界に現れて、彗星のように消えていった凡兆。その全盛期は、去来と二人で編集した『猿蓑』の時代であったろう。その『猿蓑』は、芭蕉一門に名を連ねているからといって、誰でも作品を載せてもらえたわけではない。

凡兆の妻、羽紅は、蕉門きっての才媛で、『猿蓑』に十四句も入っている。彼女の代表作、

桃柳くばりありくやをんなの子　（『猿蓑』）

春の野やいづれの草にかぶれけん　（『続猿蓑』）

などは、現代の作品と言われても、通用してしまいそうである。

凡兆の家に、芭蕉が来たことがある。そのとき、羽紅が芭蕉に贈った冬ものの下着に対する、お礼の手紙がある。その中に、おそらく、芭蕉ただ一つの短歌が載っている。

よひよひはかまたぎるらんね所のみつの枕もこひしかりけり

芭蕉は京都の凡兆宅を訪れて、凡兆・羽紅夫婦と三つ枕を並べて、三本川になって寝たので

ある。

病雁の

『猿蓑』の編集をしている、去来と凡兆のもとへ、芭蕉から自身の作品が送られて来た。どちらか一方を入集《にっしゅう》せよという。

病雁の夜寒に落ちて旅寝哉
あまのやは小海老にまじるいとど哉

の二句である。

去来は「病雁」を推し、凡兆は「あまのや」を良しとして、議論果てしなく、ついに、両方とも採用されることになった。

半世紀以上も前の高校生だったわたしは、迷いなく、「病雁」の句の方をいいと思った。しかし、今は「あまのや」を採る。五十年余の歳月は、五七五の見方を変えてしまったようである。

この二句の特徴を言えば、一句めは、

峯あまた越えて越路にまづ近き堅田《かただ》になびき落つる雁がね

という、近江八景の古歌をもとにしている。二句めは、先人の作品が見当たらない。「病雁」も「小海老」も作者自身の旅の流離の感を詠んだという点は同じである。

一句めは、〈病雁〉、〈夜寒〉、〈落ちて〉、〈旅寝〉と、人間の感情に訴える言葉が並びすぎていて、作りすぎの感じがある。それにひきかえ、二句目はさらりとして、嫌味がない。

こういうものを「軽み」と言い、芭蕉の生前最後に到達した、俳句の境地だといわれているそうだが、もちろん、わたしには、そこまで理解出来るわけではない。

閑さや

蘇州の拙政園《せっせいえん》に行ったとき、その中ほどの雪香雲蔚亭《せっこううんいてい》という建物の柱に、「蟬噪林愈静（せ

みさわがしくしてはやしいよいよしずかなり）」と書いてあるのを見て、芭蕉の、

閑《しづか》さや岩にしみ入る蟬の声

を、なつかしく思い出した。拙政園は明代、一五三〇年ごろ出来た庭園で、芭蕉の句は『おくのほそ道』の旅中、立石寺での吟であって、一六八九年（元禄二年）五月の作と思われる。芭蕉はこの雪香雲蔚亭の建物の柱の語句を知っていたのだろうか。

調べてみると、原文は「蟬噪林逾静」で、王籍（五〇二——五五七年）の「入若耶渓（じゃくやけいにいる）」という詩の一部であった。

「閑さや」の句は、初案から定稿まで、次のように変化していった。

山寺や石にしみつく蟬の声
さびしさや岩にしみ込む蟬のこゑ
淋しさの岩にしみ込むせみの声
閑さや岩にしみ入る蟬の声

十団子も

この夏、彦根城へ行った。天守閣を下りて、反対の方へ行ったら、道に迷ってしまった。三十五万石の城とは大きなものだ。

森川許六《きょりく》は彦根藩士。芭蕉四十九歳のときの入門である。画に通じ、絵画については、芭蕉も許六を師と仰いだ。

許六は芭蕉に会う前は『曠野《あらの》』『猿蓑』をひたすら熟読することで俳句を勉強したという。当時の画家は写生よりもまず手本となる画の模写を訓練としたことを踏まえたものらしい。

十団子《とをだご》も小つぶになりぬ秋の風　　許六

何と庶民的な感覚なのだろう。これが、三十五万石の藩士の作とは思えない。深川の八貧という言葉があるように、芭蕉一門には、経済的に恵まれない者が多かった。その作品を眠る暇も惜しんで勉強したというから、そこでこういう感覚を身につけたのだろう。

芭蕉はこの句について、「しをりあり」と批評している。しをりというものは、言葉では説明出来ないというのだから、これは素直に、納得すればいいのだろう。

許六は、季語を（意識して）二つ使用し、より高い次元の俳句を作ることが出来ると、去来に言ったことがあるという。

この時代、たとえば『猿蓑』を読んでも、季重なりはあまり気にしていないようだ。しかし、許六の言うように、意識して二つの季語を使用した例は、許六の作品を調べてもよく分からない。見本を示してくれていればと、残念である。

鶯の

鶯の身を逆さまに初音哉　　其角

ちょっと長くなるが、引用する。この句についての去来の批評は、手厳しい。

其角の句は、春たけなわのころ、あちこちで乱れ鳴く鶯の姿である。初春の幼い鶯には身をさかさまにするような芸当は出来ない。「初」の字は理解しかねる。およそ、物を句にする時は、その物の本質を知らねばならぬ。それを知らない時は、珍しい物や新しい言葉に心を奪われて、別物になってしまう。心を奪われるのは、その物に執着するからである。これを本意を失うという。其角のような巧者でも、時には過ちがあるものだ。まして、初心者はよく慎まなければならぬ。

ところが、この句は其角の代表作として、歴史に残っている。たとえ、事実でないとしても、この鶯の姿はまざまざと眼に浮かぶ。初音も間近に聞こえてくるようだ。

文学的虚構という言葉があるが、俳句も事実でないことを詠んでもいいのだろう。ただし、其角のようなプロ中のプロにのみ許されることであろうか。

鐘一つ売れぬ日はなし江戸の春　　　其角

これも、江戸では、梵鐘さえも売れない日はないと、去来が聞いたら目をむくような、事実ではありえない作品である、しかし、其角が詠めば、そんなこともあるのだろうと思える。

草の戸に

草の戸に我は蓼《たで》くふ螢かな　其角

夜を徹して怪しい光を放つ蛍が昼は貧しい草の戸で好き好きの生活をしていると、「放蕩《ほうとう》」を自負している其角に対して、

あさがほに我は飯喰ふおとこ哉　芭蕉

質素な草庵に住む私は、朝早くから起きてアサガオの開花を見ながら文芸に精進していますよ、と芭蕉が戒《いまし》めた。

自由奔放な其角にはエピソードが幾つもある。

ある年、三囲神社に参詣したおり、雨乞いの儀式をするのに、坊さんがなかなか来なくて困っている人々が集まっていて、坊主頭の其角を坊さんと間違え、雨乞いを頼んだという。なかなか放してくれないので、困って、

夕立や田を三囲《みめぐり》の神ならば

と一句詠むとたちまち雨が降って来たとか。

元禄十五年（一七〇二）十二月十四日、其角が両国橋の橋詰にかかると、向うから俳句の弟子である大高源吾がやってくる。世間話などした後、別れ際に其角が、

年の瀬や水の流れと人の身は

と上の句を詠むと、源吾がただちに、

あした待たるるその宝舟

と返した。その真意を知らず、其角は、きっとどこかへ仕官したいのだろうと思っていたら、その夜、赤穂浪士の討入りがあったというのである。

鳥共も

芭蕉の門人には、個性的な人物が多い。斎部《いんべ》路通《ろつう》も奇人の部類に入るであろう。近江大津の

人。三井寺《みい》に生まれ、古典や仏典に精通していたという。

放浪行脚《あんぎゃ》の乞食僧侶で詩人。後に還俗《げんぞく》。

貞享五年（一六八八）頃より深川芭蕉庵近くに居住したと見られている。

元禄二年（一六八九）の『おくのほそ道』の旅では、最初同行者として路通が予定されていたが、なぜか曾良に代えられた。

その、同道できなかった路通が、敦賀で芭蕉を出迎えて、大垣まで同道し、その後暫く芭蕉に同行して元禄三年一月三日まで京・大坂での生活を共にする。

路通は、素行《そこう》が悪く、たびたび事件を起こしたようだが、一つだけ上げると、芭蕉の反故《ほご》にした作品を拾って、勝手に公表したりもした。ある年、陸奥に旅立つ路通に、芭蕉は「草枕まことの華見《はなみ》しても来よ」と説教入りのはなむけの句を詠んだりしてもいる。路通には「芭蕉葉は何になれとや秋の風」という句があるが、深読みはしないことにしよう。

芭蕉は、俳句について、さび、しをり、細み、軽みなど、いろいろなことを言っているが、どういうことなのか、はっきりとは分からない。ただ『去来抄』の中に、路通の、

鳥共も寝入つて居るか余吾《よご》の海

を、芭蕉が、この句細みあり、と批評したとある。細みとはこの作品のようなものをいうのかと、わたしたちは、素直に納得すればいいのだろうか。

余吾の海とは、琵琶湖の北にある、小さな湖のことで、行きたいと思いながら、まだ行ったことがない。夜中にバスですぐそばを通り、靄の中に横たわる湖をちらりと見たような気がしただけである。鳥共はすでに寝入っていた。

おもしろう

服部土芳《とほう》の『三冊子《さんぞうし》』を読むのは久しぶりだ。これは、「白冊子」「赤冊子」「忘れ水」の三部からなり、そのうち「忘れ水」は刊行の際、「黒冊子」と改められている。

内容はまず「白冊子」に、連歌、俳諧の起源。芭蕉俳諧の歴史的意義。俳諧の特質など二十九項目にわたって説き、「赤冊子」では、不易流行論、風雅の誠《まこと》説、軽みの俳風の問題など、蕉風俳諧の根本問題について論じ、また芭蕉の句七十句の推敲過程の説明、門人の句に対する芭蕉の評などを収め、「忘れ水」おいては、芭蕉の言行、俳席の心得、色紙短冊のしたため方など、七十項目の多方面にわたって備忘録風の教えを記録している。特に「赤冊子」には、芭蕉の言として、なつかしい言葉が並んでいる。

万物が千変万化するのは自然の理である。そのように俳諧も変化を求めなければ、俳風も新しくならない。

わたしの俳諧は、まだ米俵の俵口を解いたともいえない。

常に風雅の誠を求めて、日常生活そのものが俳諧と一体となるようにせよ。

松のことは松に習え、竹のことは竹に習え。

熟練した者には病弊がある。初心者の素直な句が頼もしい。

天地自然の変化はすべて俳諧の素材である。その中でも静かな物は不変の姿であり、動く物は変化の姿となる。

土芳は、三十歳の若さで、伊賀藩藤堂家を引退して、以後、俳句一筋の生涯を送った。

おもしろう松笠もえよ薄月夜　　土芳

元禄元年（一六八八）三月十一日、土芳は芭蕉を「蓑虫庵」に招いた。その折の句。

翁には来てはもらったものの、何ももてなすものとて無い侘《わ》びしい庵のこと。せめて、松笠がよく燃えて、秋冷の薄月夜に趣を添えて欲しい。

芭蕉の門人に奇人多しといえども、『近世畸人伝《きじん》』に載っているのは、広瀬惟然《いぜん》一人と思われる。

造り酒屋という地方の富裕な家に生まれながらも、生涯を清貧と旅に過ごした人生は、師の芭蕉にもっともよく似た門弟の一人だった。

元禄七年（一六九四）芭蕉の伊賀から最後の大坂への旅には伊賀から随行し、以後芭蕉の死の日まで惟然は師と過ごした。

芭蕉の死後、惟然は、芭蕉の句を吟じながら、全国を踊り歩いた。後に、南無阿弥陀仏と付け加えることを忘れなかった。今に残る風羅《ふうら》念仏踊りがそれである。

芭蕉は「風羅坊」という俳号を持っているので、風羅念仏とは、芭蕉念仏といってもいい。

古池や蛙飛こむ水のをと、なんもうだ
花の雲鐘は上野か浅草か、なんもうだ
蛸壺やはかなきゆめを夏の月、なんもうだ

芭蕉の句を七五調の和讃《わさん》に仕立て上げ、独特の哀調を含んだ節をつけたものだった。

そして、穏やかだった作風が、次のようになってくる。

きりぎりすさあとらまへたはあとんだ

のらくらとただのらくらとやれよ春

梅の花赤いは赤いはあかいはな

水鳥やむかふの岸へつういつうい

許六《きょりく》などは「あだ口のみ噺し出して、一生真の俳諧といふもの一句もなし。焦門の内に入りて、世上の人を迷はす大賊なり」（贈落柿舎去来書）といいきっている。

しかし、惟然にしてみれば奇をてらう意識は毛頭なく、何物にも縛られずに心のままに振舞おうとする性格がこのような俳風となったのであろう。

数ならぬ

芭蕉には、二百年以上もの間、女性の影が無かった。ただただ俳句一筋に生きた、人間ばなれした哲学者の雰囲気があった。

ところが、没後二百十年、明治四十五年に、国文学者で俳人の沼波瓊音《ぬなみけいおん》が「芭蕉に妾あり」という一文を発表。

根拠は、芭蕉の弟子の志太野坡《しだやば》がその弟子風律に語った「寿貞は翁の若き時の妾にて、疾《と》く尼となりしなり」という言葉で、風律著『小ばなし』に書かれている。

元禄七年（一六九四）六月二日、寿貞は江戸深川の芭蕉庵にて死去。芭蕉は、六月八日、京都嵯峨野の去来の別邸落柿舎でこれを知る。

七月十五日、伊賀上野の松尾家の盂蘭盆《うらぼん》での芭蕉の句。

数ならぬ身とな思ひそ玉祭り

自分自身を、つまらない女だと思ってはいけないよ。わたしは、あなたをこの世で一番大事な人と思っていたのだからの意。

寿貞には、次郎兵衛、まさ、おふうの三人の子がいた。芭蕉の子であったかどうか、定かではない。

『おくのほそ道』に、市振のあたりで、たまたま、お伊勢参りの遊女と同宿する場面がある。年老いた男が、この宿まで送ってきたが、遊女は、男に手紙を託し、身の上話をする。芭蕉は聞くともなしに、その話を聞いてしまうのだが、何ともわびしい光景である。

一家《ひとつや》に遊女もねたり萩と月

芭蕉はこの話を曾良に語り、書きとめたというのだが、曾良の記録には無い。

この場面はまったく芭蕉の創作と思われるが、もちろん、遊女は寿貞の姿をだぶらせているに違いない。

数ならぬ身とは、普通、遊女や妾（結婚しているのに籍を入れてもらえない女性）をさすのだという。芭蕉にはどんな事情があったのだろう。

うづくまる

うづくまる薬缶《やかん》の下の寒さかな

元禄七年（一六九四）十月、芭蕉が旅先で危篤《きとく》の床《とこ》についた側での、内藤丈草の句。

師が床に臥《ふ》している側で、鍋で薬を煎じて、身をかがめうずくまっていると、冬の寒さが一層伝わってくるの意。

『去来抄』にはこうある。「先師難波の病床に、人々に夜伽の句をすすめて、今日より我が死期の句なり。一字の相談を加ふべからずとなり。さまざまの吟ども多く侍りけれど、ただこの一句のみ丈草、出来たりとのたまふ」

同時に詠まれたのは次のような句であった。

病中のあまりすするや冬ごもり　去来
おもひよる夜伽もしたし冬ごもり　正秀
しかられて次の間へ出る寒さ哉　支考
引っ張ってふとんぞ寒き笑ひ声　惟然

丈草の句をこれらの句に並べてみれば、確かに、より臨場感がある。丈草の句からは「うづくまる」作者の背中が眼に浮かんでくると批評する人もいる。

丈草は、膳所義仲寺境内の無名庵に住み、芭蕉の近江滞在中は、芭蕉の身辺で充実した時間を過ごしたという。芭蕉の死後は、自らの死までの十年間をひたすら師の追善に生涯を捧げ、四十三歳で世を去った。

清滝や

旅に病で夢は枯野をかけめぐる

元禄七年（一六九四）十月八日作。

これを芭蕉の辞世の句だと言う人も少なくないが、それは完全な間違いだ。辞世の句とは、本人が辞世の句だと意識して詠んだものを言う。そんな記録はどこにも無いから、この句は最後の句とでもいうべきか。

しかし、その翌日、十月九日、芭蕉は、

清滝や波に散り込む青松葉

という句を残している。

これは同年夏の初案「清滝や波に塵なき夏の月」を推敲した句であるから、物の数には入らないと、勝手に決めつけて、誰かが「旅に病で」を芭蕉最後の作品、ついでに辞世の句としてしまったのだろう。

何と美しい、情景が目に浮かぶ作品であろう。清滝川の付近には松の木立は無いというが、清滝川に、実際に松が在っても無くても、この青松葉は芭蕉自身を暗示している。枯れ松葉ではない、若々しい精神の芭蕉がそこにいる。

芭蕉野分して

芭蕉は、若いころは、本名の宗房《むねふさ》を音読みにして、俳号としていた。江戸に出た後の延宝三年（一六七五）、三十二歳のとき、江戸来遊の西山宗因歓迎百韻にて、初めて桃青《とうせい》の俳号を使用した。

俳号「桃青」については、母の出自《しゅつじ》が、伊予宇和島の桃地氏であり「桃」の字に愛着があったから。「青」は未熟を表す謙遜《けんそん》のため。心酔していた「李白」の名からヒントを得て、李を桃に、白を青に変えた。などの説がある。

延宝九年（一六八一）春、門人の李下《りか》が深川の草庵に芭蕉の株一株を植えた。これを記念して芭蕉は、この翌年天和元年三月以降「芭蕉」を名乗るようになった。

　芭蕉野分して盥《たらひ》に雨を聞く夜かな

この句は延宝九年の作である。

その後も、芭蕉は、「桃青」と「芭蕉」の二つの俳号を、あまり深く考えることなく、使用していたようだ。

面白いのは、「桃」の字は、名づけ親として、門人の多くに、俳号として与えているのに、芭蕉の「芭」とか「蕉」の字のつけられた門人を今のところ見たことがない。

元禄七年（一六九四）十月十日夜、兄への「松尾半左衛門宛遺書」を書き上げた後、芭蕉は門人各務支考に代筆させて、三つの遺書を書いた。

「その一」は、遺品等の所在について書かれ、「その二」は、深川芭蕉庵に残る人々に宛てた遺書。「その三」は、杉山杉風や中川濁子《じょくし》など江戸の門人達へ宛てた遺書である。

自筆の兄あての遺書の末尾の署名は「桃青」。

支考代筆の遺書は、「その一」の末尾には何も無く、「その二」「その三」の署名は「ばせを」とある。

芭蕉は最後まで「桃青」という名に愛着を持っていた。

川柳の風景

孫よ子よ

芸能人だった方が、九州のある県の知事に当選してすぐ、こんなことを言った。

「僕は徴兵制はあってしかるべきだと思っている。若者は、一年か二年ぐらい、自衛隊かあいうところに入らなけりゃならないと思っている」

怒り心頭に発して、

孫よ子よ徴兵なくてしかるべき

という川柳を朝日新聞に投稿した。次の日には載って、徴兵制賛成の方々から、インターネットで基地外（自分と違う意見の人をさげすむ言葉）呼ばわりされた。「孫よ子よ」は逆で、「子よ孫よ」が正しいと教えてくれる人もいた。

まったく関係ない話で恐縮だが、この少し前に、その知事の顔のイラストが書いてある「新米」を買ったら、古米にもち米を少しまぜたものだった。芸能人だった方の人気に乗って、とんでもない商売をする人もいたものである。

原爆を

広島に原子爆弾を投下し、二十六万人もの命を奪ったB29戦闘機の機長が、二〇〇七年十一月一日、九十二歳で、オハイオ州の自宅で死去。

悪いやつほどよく眠るという諺《ことわざ》があるが、この男は、自分の落とした爆弾のせいで広島の町が壊滅したあとも、毎日、熟睡できていたそうだ。

原爆を落としたヒトは長く生き

この作品は、インターネットで、共感してくれる人がかなり居た。でも、残念なのは、ヒトとせっかくカタカナにしたのに、漢字にした人が多かったことだ。

作者は、こんなやつは、人ではない、人間ではない、という思いをこめて、カタカナにしたのに。

虎にまで

竹島は日本の領土で、独島《ドクト》は韓国の領土である。竹島と独島は一つの同じ島だが、今は、韓国が実効支配している。

竹島は、ただの岩礁で、とても人間の住めるところではない。ただ、この島のあたりは豊富な漁業資源があって、そこで漁が出来ないということは、たくさんの人々の死活問題につながっていく。

隠岐島に、二度行った。一度目、竹島付近で漁の出来ないつらさを、何度聞かされたことだろう。

二度目、後鳥羽院短歌大賞の表彰式が、隠岐神社で行われたが、その受付の女性は、町にお金が入って来ないので、給料がかなり減ったという。

このような国際問題は、国が本気になって解決すべきなのに、日本には、国というものが無いのだろうか。

韓国のほうは意気盛んで、兵員七百名、ヘリコプター十機、戦車数両、空気浮上式高速上陸艇二隻を搭載可能な揚陸艦を作って、独島という名前をつけたりしている。

二〇〇八年六月には、ソウルの公園で生まれたオスの虎に「独島」という名前さえつけた。

虎にまでドク島と名づけおお怖い

竹島には、ニホンカモメとニホンアシカが棲んでいたそうだが、韓国が実効支配をするようになってから、ニホンという名前がついているため、いじめられ、ニホンアシカは、絶滅してしまったという話を耳にした。

竹島のニホンカモメは端を飛び

ところが、よく調べてみたら、ニホンカモメという鳥は、存在しない。ニホンアシカの絶滅も、いじめられたのではなく、韓国が竹島を軍事要塞化したため、繁殖できなくなったのが真相のようである。

煙草にて

二〇〇八年の六月ごろから、煙草の税金を上げようという議論が、国会でおこった。一箱三百円を千円にしようというのた。

値上げの理由は、国の税収増と、健康被害防止で、九兆円の増収と計算していた。

これは、たいへんな問題を含んでいる。まず、健康の問題は、値上げとは別な話だし、煙草の値上げは、吸わない人が反対することはない。つまり、取りやすいところから、税金を取るという発想である。次に狙われるのは酒、その次は何であろう。

煙草にて試し増税するつもり

この増税案は、時の内閣支持率の急落で、十二月十一日に、断念された。

この作品は新聞には、十二月七日に載ったので、運がよかった。もし、五日も前に断念されていたら、新聞に載ることは無かっただろう。

くたびれた

散歩道の途中に、中古車販売店が出来た。特選車、お買得車が、目白押しである。

白く色あせたのが、二十四万円。紺色でタイヤのすり減ったのが、二十万円。緑色の、白っぽくなったのが二十五万円。これらは、前に並んでいる上等なものたちで、奥の方には、もっとくたびれた車が、十四万円、十二万円という値段である。みんな、もう十分に働いてきたのに、まだこき使う気かよ、と言いだしそうである。

くたびれた顔が並んで特選車

日本の中古車は、東南アジアやロシアに輸出され、故障が少ないというので、とても人気があるという。

それは、インド、タイの運転手に、直接聞いたことだし、ベトナムでは、他の国の新車よりも値段が高いそうだ。

ロシアのサンクト・ペテルブルグで、駅の近くを一人散策していたとき、ロシア料理も飽きた、和食の店はないかと探していたら、寿司屋の文字が目に入った。嬉しくて、思わず駆けだしていったのだが、何とそれは、駐車場に止めてあった、車の側面の広告だった。

外国に売られた中古車は、屋号など、消すにはお金がかかるので、そのまま使うことが多いのだとか。

第百四十回（二〇〇八年度下半期）の芥川賞が、津村記久子さんの「ポトスライムの舟」に決まった。前回は楊逸さんの「時が滲む朝」。その前が、川上未映子さんの「乳と卵」であったから、女性の受賞が三回つづいたことになる。

舟はゆく女性上位の芥川

舟は、作品名と本物の舟との掛詞、芥川は、賞の名前と本物の川との掛詞。舟と芥川が縁語（関係のある語）。女性上位は、もちろん、女性の受賞者がつづいたこと。五七五のなかに、さまざまなテクニックを駆使した。

そこで、よく聞かれるのが、芥川って、どこにあるのかということである。

『伊勢物語』の中に、ある男が、好きになった女を、やっとのことで盗みだして、とても暗い夜、逃げてきた。芥川という川のほとりを女を伴って来ると、女は、草の上に置いた露を「あれは何ですか、真珠ですか」と、男に尋ねた。と、ある。芥川は宮中から流れ出ている川。男は在原業平で、女は、清和天皇の奥さんになった藤原高子《たかいこ》。二人の関係も、完全に女性上位である。

この作品が新聞に載ると、広島県在住の童話作家の方から、はげましのハガキをいただいた。特に、縁語の部分がとてもいいのではないかと。

最近の新聞を見ると、短歌、俳句、川柳などで、枕詞、序詞、掛詞、縁語などを使った作品は、皆無といえそうである。古典では、たとえば、『伊勢物語』や『源氏物語』に登場する短歌に、これらのテクニックの無いものを探すこと自体、とても難しいことであるのに。

給付金

総務省の「お知らせ」には、定額給付金の概要として、次のように書かれている。

施策の目的

景気後退下での住民の不安に対処するため、住民への生活支援を行うことを目的とし、あわせて、住民に広く給付することにより、地域の経済対策に資するものです。

給付額

給付対象者一人につき一万二千円（ただし、基準日において六十五歳以上の者及び十八歳以下の者については二万円）

こんなわずかなお金で、生活支援、地域の経済対策になるのかなと、

給付金効果砂漠の通り雨

この作品は、「通り雨」という語を発見したとき、「出来た」と思った。給付金をばらまきしても、狙った票は、そう簡単には集まらないよという意味もある。

たまゆらの

二〇〇九年三月十九日の深夜、群馬県渋川市の有料老人ホーム、「静養ホームたまゆら」で起きた火災は、十人の命を奪ってしまったのだった。

無届の施設であるから、遠慮なく、無届の増改築をくりかえしていたようだ。食堂と居間を

結ぶ通路の引き戸には、つっかえ棒がしてあったという情報もある。

これでは、生きながら火葬にされるため、施設に入ったようなものではないか。

ある学者は、こうした闇市場の広がった最大の原因は、介護医療費の抑制政策にある、と言っている。つまり、この「たまゆら」のような無届老人ホームは、入居者の生活保護費をあてにした、「貧困ビジネス」というものだそうだ。

我が家から、二百メートル北に、古いアパートがあったが、そこに、百人のホームレスの人たちを集めて、生活保護を受けさせ、住まわせるという業者が現れた。

高崎市に百人ものホームレスが居るはずはないから、東京からでも、集めて来るつもりなのだろう。生活保護費のピンハネ。貧困ビジネスとは、よく言ったものである。

たちまち、反対運動がおこって、この計画は挫折したが、本質は「たまゆら」と同じなのだろう。

たまゆらの命哀しも杜撰《ずさん》宿

たまゆらは、本来の意味である「ほんのしばらくの間」と施設の名前との掛詞、この作品は、命哀しもの「も」を見つけるのに苦労した。

昭和期の

インターネットに、次のような記事が載っていた。

門倉まさる【かどくらまさる】
昭和期の児童文学作家。
【掲載事典】◎現代日本児童文学作家事典
(C)日外アソシエーツ「CD-人物レファレンス事典　日本編」

「昭和期の」というところが、とても気になった。今は、平成二十一年。昭和期の児童文学作家とは、昔の人という意味ではないか。

昭和期の人と言われて過去のひと

自分のことを詠んだだけの作品なのに、なぜ新聞に載ったのだろう。選者の方に、何か特別な思いがあったのだろうか。

生きて容疑者

韓国の前大統領ノ・ムヒョン氏が、二〇〇九年五月二十三日早朝、自宅裏山のミミズク岩から飛び降り自殺をした。

ノ・ムヒョン氏は、大統領在任中に、不正資金を受け取った疑いで事情聴取を受け、有力後援者や、実の兄も逮捕されている。夫人らにも、五億七千万円の賄賂が渡ったというのであるが、この自殺で、何もかも、うやむやになってしまったという。

遺書がパソコンの文章だというのは、テレビのサスペンスものなら、遺書と認められるはずもなく、飛び降りる現場を誰も見た人がいないということであるから、自殺かどうか、本当は分からないわけだが、とにかく、たくさんの人々が得をした。

生きて容疑者死んで英雄

この「英雄」は、本当は、「偶像」が正しいのではないかと今も考えている。偶像とは、絶対的な権威として崇拝・盲信の対象とされるもののことである。

東洋に

東京の上野公園の中にある、国立西洋美術館の本館は、フランス人、ル・コルビュジェの設計によるものである。

フランス政府が、世界七か国に散在する計二十三の建造物を、一括して、「ル・コルビュジェの建築と都市計画」という名前で、世界遺産登録を目指していた。

二〇〇九年六月二十七日、残念ながら、国立西洋美術館の世界遺産登録は、見送りになった。

これは必ず、川柳が出来ると、ずいぶんひねったのだが、だめだった。やけになって、

東洋に西洋の名が仇《あだ》となり

どうして、これが新聞に載ることになったのか、不思議でならない。

過去帳に

金正日の第一夫人だった成恵琳（金正男の生母）の墓がロシアの首都、モスクワ西部にあるトロイェクロブスコイエ共同墓地で発見されたと、韓国の新聞の東亜日報が二〇〇九年七月二十八日に報じた。

同新聞は「管理事務所の死亡者名簿には、『オ・スンヒ』という仮名で登録されている。二〇〇五年頃に埋葬されたという記録がある。墓石の前にはハングルで『成恵琳の墓』と書かれていて、後ろには『墓の主、金正男』と書いてある」と伝えた。

また、「朝鮮民主主義人民共和国の国母《こくも》になれたかもしれない女性のお墓なのに、全く管理されていない。雑草や木の枝、落ち葉などが墓石の周辺にたまっているのを見ると、捨てられた墓のようだ」と報じた。墓地の管理人によると、二〇〇五年頃に金正男が北朝鮮の人たちを連れてきて墓碑を立て替えたという。

成恵琳は北朝鮮の有名な女優だった。金正日より五歳年上で、金正日とは一九六九年から同棲を始めた。だが、成恵琳との同棲は金日成には隠していた。その後一九七一年に長男、金正男が生まれた。

しかし、成恵琳は金正日の妹である金敬姫に子供を置いて出て行くように言われて、一九七

○年代後半から精神的に不安定な状態になり、神経衰弱の症状も見られたという。スイスやロシアに長期滞在して休養していたが、二〇〇二年にモスクワで亡くなった。

過去帳に仮名哀しき異国墓地

一国の最高権力者の妻でありながら、異国に没し、過去帳に本名も記されていないとは、どんな事情があったのだろう。

短歌の風景

伊勢物語

月やあらぬ春やむかしの

　月やあらぬ春やむかしの春ならぬわが身ひとつはもとの身にして

この歌は、なんど読んでもよく分からない。『古今和歌集』の仮名序に書いてある、紀貫之の批評を見て、分からないわけが分かった。

ありはらのなりひらは、その心あまりて、ことばたらず。

この歌は、『伊勢物語』の第四段に出てくるのだが、ある男に好きな女がいて、絶えず訪れていたが、女は急にどこかへ身を隠してしまった。

次の年、女の住んでいた、誰もいない家の板敷に、月が入るまで臥せって、その人を恋い慕って詠んだものである。

月や春を詠んで、肝心の女のことは詠んでないのだから、分かるはずがない。

物語に沿って、ことばの足らない部分を補って訳せばいいのだろう。ついでに、月も春も取り払うとこうなる。

わたしは元のままなのに、恋しいあの人は何処かへ行ってしまった。

こんな内容だったら、平凡でなんと身もふたもないことか。

月はむかしの月でないのか春はむかしの春ではないのかわたしは元のままなのに。

と、感情をもろにぶつけて、「こころあまりてことばたらず」であるところに、この作品の魅力があるのだろう。

『伊勢物語』は平安時代、西暦で言えば八九〇年ごろ、小規模な原『伊勢物語』が生まれ、その後五十年ほどかかって、今見るような、全百二十五段の物語に成長していった。

作者は不明、書名の由来も不明である。内容は、短歌を中心とする小編の物語集で、歌物語と呼ばれている。

在原業平と思われる人物の一代記のような形をとっているが、別な人の話も交じっているらしい。ここでは、あまり難しいことは考えず、短歌の風景を楽しむことにしよう。

四十年ほど前、京の街を一人でぶらぶらしていて、偶然、「在原業平邸跡」という石碑に出会った。それから十年経ち、また出会ったのがこの碑である。偶然も二度重なると、在原業平がとても身近に感じられる。

この文章を書くにあたり、調べてみたら、この石碑は、京都市バス　堺町御池停留所の近く、御池通りのホテルギンモンドの西側に立っているらしい。

白玉かなにぞと人の

男が深窓の令嬢を盗みだすのが、第六段である。芥川という川のほとりを連れて行くとき、草に降りている露を見て、「あれは何ですか」と女は聞いた。男には答える心の余裕がなかった。

雷がひどく鳴り、雨も激しく、荒れた無人の蔵の奥に女を隠したが、そこには鬼が棲んでいて、女を一口に食べてしまった。

ようやく夜が明け、蔵の奥を見ると女はいない。男は嘆き哀しみ、歌を詠む。

白玉かなにぞと人の問ひし時露とこたへて消えなましものを

あれは真珠なの？　と、あの人が聞いたとき、露だよと答えて、露のように消えてしまえばよかった。

この鬼はどんな姿をしていたのだろう。

鬼は物に隠れて形があらわれることを欲しないので、俗に「隠《おん》」といい、それから「鬼《おに》」と言うようになったという説が一般には有力とされている。つまり、ここに登場する鬼は、姿がなかった。

『枕草子』第四十三段にも鬼の記述がある。

蓑虫は、鬼が生んだので、親である鬼は自分に似て恐ろしい心を持っているに違いないと、粗末な着物を着せて「秋風が吹くころ迎えに来るよ」と言って、何処かへ行ってしまう。蓑虫は秋になると「ちちよ、ちちよ」と、親を求めて哀しそうに鳴く。この親である鬼も、姿が見えない。

平安時代の鬼が出てきた——。奈良県橿原市の新堂遺跡で、十二世紀初めに埋められた井戸の中から、鬼の顔を墨で描いた土器片が見つかり、市教育委員会が二〇一二年二月二日、発表した。市教委によると、鬼を描いた土器は全国でも確認されていないという。

鬼の顔は丸く割られた茶わんの底（直径十センチ）に描かれていた。への字口から二本の牙が上向きに生えているのが特徴。ただ角はなく、太くて丸みを帯びた眉毛やどんぐり目、額にある三本のしわなど、どれもコミカルで、怖くない。

現代の日本人の多くが「鬼」と言われて一般に連想する姿は、頭に角と巻き毛をそなえ、口に牙があり、指に鋭い爪が生え、虎の毛皮の褌《ふんどし》を腰にまとい、表面に突起のある金棒を持った大男であるが、この姿が定着するのは、室町時代に入ってかららしい。

信濃なる浅間の嶽に

男は、もう京には居るまい、東国の方に、住むのに適当な場所はないかと、出かけて行く。「東下《あずま》り」である。

第八段で、信濃の国の浅間山に立つ煙を見て、歌を詠む。

信濃なる浅間の嶽に立つけぶりをちこち人の見やはとがめぬ

長野県にある浅間山に立ちのぼる煙、遠くの人も近くの人もこれを見て怪しまないことがあろうか。怪しむだろう。

『伊勢物語』を段の順序通りに読んでいくと、東下りのルートについて、この第八段で必ず、疑義が出て来る。

有名なのは第九段の東下りであるが、これは東海道を通って東へ行く。普通知られている東海道では浅間方面へは行かない。浅間は東山道だ。

第八段では浅間山の煙を見ているのに、また東海道に戻って、第九段では三河の国八橋でかきつばたを見て、駿河の国に行き、富士山の雪を詠む。そんなことがあり得るだろうか。

わたしの考えはこうである。

東下りの話は、東山道と東海道と二つあったのではないか。二つもあってはまぎらわしいから、初め出かけた東山道の部分が落とされてしまった。かろうじて残ったのがこの浅間山の部分だった。

では、東山道の何処をめざしたか。ずばり群馬県である。

東山道は、近江、美濃、飛騨を通り、信濃国で千曲川を渡って、入山峠または碓氷峠を通って、上野国《こうずけのくに》（群馬県）へ入る。

在原業平は、母方から百済王家の血も引いている。上野国には上毛野君《かみつけのののきみ》という渡来系伝承を持つ氏族がいて、業平の前の代くらいでも、上毛野朝臣といった氏族が中央で活躍していたから、京で上野国の話を聞くのもそう珍しくはなかったであろう。

我が家から一・五キロ北にある、高崎市綿貫町の観音山古墳から出土した副葬品の一部が、後に発見された百済の武寧王陵《ぶねいおうりょう》の石室内から出土した獣帯鏡、同笵鏡《どうはんきょう》と同じものであることが判明した。

在原業平の父阿保親王は業平十一歳のときと十二歳のとき、二年つづけて上野太守になっている。親王なので、直接現地に出かけるわけではないが、報酬はあった。子である業平が特別に親愛の思いを持って、群馬県をめざしたとしても、不思議はあるまい。

平安時代の東山道は、現在のわれわれが考える以上に、道が整備されていた。十六キロごとに、馬十匹を備えた駅家《うまや》が置かれていた。

京から上野国までの、荷物を運ぶ人の行程は、下り十四日、上り二十九日。下りは手ぶらだが、上りはたくさんの租税を運ぶからである。京の貴族の華麗なる繁栄は、地方の人々が支えていたのだ。

から衣きつつなれにし

第九段の東海道東下りは、東の方に住むのに適当な国を求めて出かけて行き、まず、三河の国八橋に着く。ここで詠んだのが、

から衣きつつなれにしつましあればはるばる来ぬる旅をしぞ思ふ

である。短歌のテクニックがたくさん使われているので、全部紹介してみよう。

〈折句〉
からころも
きつつなれにし
つましあれば
はるばるきぬる
たびをしぞおもふ

各句一文字目を読むと「かきつはた＝かきつばた」になる。

〈枕詞〉

「からころも」は「着る」の枕詞。

〈序詞（じょことば）〉

「からころも着つつ」までが「慣れ」を導き出す序詞。

〈縁語〉

唐衣、着、慣れ、褄、張るが着物の縁語（関係のある語）。

〈掛詞〉

「妻」と「褄」は掛詞、さらに「はるばる」には「遥々・張る張る」の意味がある。

「なれ親しんだいとしい妻が京にいるので、はるばるやってきた旅がしみじみと思われる」という歌だが、わたしは、これほどたくさんの技巧をちりばめ、しかも破綻《はたん》のない作品を見たことがない。

在原業平という人は、「月やあらぬ春やむかしの春ならぬ」という、こころあまりてことばたらずの歌だけでなく、このように、整った歌も詠むことが出来るのである。

一昨年、東京の国立博物館で、尾形光琳《こうりん》の国宝「燕子花《カキツバタ》図屏風」を見た。

『伊勢物語』の東下り、八橋の場面を描いているのだが、本作ではその美しく咲く燕子花のみに主点を置いて「八橋」の場面が描写されている。

時知らぬ山は富士の嶺

駿河の国に着いた。富士の山を見れば、五月のつごもり（現在の暦でいえば六月末）だというのに雪がたいそう白く積もっている。

時知らぬ山は富士の嶺いつとてか鹿の子まだらに雪の降るらむ

時節をわきまえない山は富士の山だ。いったい今をいつと思って、鹿の子まだらに雪が降り積もったままでいるのだろう。

京ではこんな山は見たこともない。この世とは思えない光景に、漂泊の思いはますます強くなってゆく。

ところで、このころ富士山には煙は立っていなかったのだろうか。『伊勢物語』と成立年代のあまり違わない『古今和歌集』の仮名序には、「今はふじの山も煙立たずなり」とある。記録によれば、平安時代の富士山の噴火は、西暦八〇〇年、八六四年、八七〇年、九三七年、九九九年、一〇三三年である。

『竹取物語』では、富士山に煙が立っているのだが、書かれたと思われる八九〇年ごろは、噴煙休止となっている。『竹取物語』は、月に住む人たちさえ存在する、フィクションそのものの物語だから、あまり気にしなくてもいいのかもしれない。

東京大学地震研究所の平田直教授のチームによる、「首都直下型のM7級地震が四年以内に七十パーセントの確率で発生する」という試算が大きな波紋を呼んでいる。

首都直下型地震だけでなく、東海地震、そして富士山噴火の可能性もささやかれているが、火山活動に詳しい千葉大学大学院理学研究科教授の津久井雅志氏は、現在の状況は平安時代前半の九世紀に酷似していると指摘する。

津久井氏によると、九世紀に発生し、二十世紀後半に起きていないのは、もはや東海・東南海・南海の連動地震と富士山の噴火だけなのだという。

そして、これを裏付けるような富士山の異変を指摘するのが、琉球大学名誉教授（地震地質学）の木村政昭氏だ。

「数年前から五合目より上で、噴気が吹き上がっていて、湧き水による水たまりがたくさん発見されています。富士山の山頂近くの斜面は永久凍土のため、普通はもっと低い位置に湧き水が流れるんです。これは富士山内部のマグマが上昇しその熱によるものである可能性が高い」

木村氏のもとには、旅行者のコンパスを狂わすという不思議な現象も報告されている。

名にし負はばいざ言問はん

第九段の東下りは、クライマックスを迎える。武蔵の国と下総の国との間を流れているすみだ河を舟で渡るのだ。

ちょうどそのとき、白くて嘴《くちばし》と脚の赤い、鴫《しぎ》と同じくらいの大きさの鳥が、水の上で遊びながら魚を食べている。渡し守に尋ねると、「これが都鳥だよ」と答えた。

名にし負はばいざ言問はむ都鳥わが思ふ人はありやなしやと

都という名を持っているならば、都鳥よ、さあおまえに尋ねよう。わたしの愛する人はすこやかに暮らしているかどうかと。

初めてこの歌を読んだときびっくりした。字余りの箇所が二つもあるではないか。「名にし負はば」の「し」は強意の助詞なので無くても意味は分かる。「わが思ふ人は」の「は」も、一つの事柄を他と区別する意の助詞であるが、無くても意味は変わらない。

名に負はばいざ言問はむ都鳥わが思ふ人ありやなしやと

こうすれば、リズムは整うし、なんとすっきりすることだろう。と思って元の歌を見ると、「名にし負はば」とあると、「ば」の部分で少し休みが入る。都という名を持っているなら、という場面で、作者は感慨に耽《ふけ》っているのだ。都のことが頭の中を駆け巡っている。「わが思ふ人は」も、「は」があると、「は」の部分で少し休みの時間がある。「わが思ふ人は」と、そこで、作者は胸がいっぱいになり、一瞬、次の言葉が出て来なかった。

二か所の字余りが、この歌を名歌とした。

このすみだ河のところで、今の隅田川を思い浮かべてはいけない。もっとずっと広い。これは利根川のことなのだから。利根川が銚子の方へ流れるようになったのは、江戸時代になってからである。

第九段の東下りはこの歌で終わっている。

在原業平は、いったい、東の国の何処を目指したのだろう。父親の阿保親王は、業平十七歳のとき、上総太守となっている。親王なので現地に赴任したわけではないが、東海道を東に向かった場合、目的地は上総以外にはないではないか。

きっと、上総にはたどり着いたのだろう。

しかし、自分の父親が太守だったことがあるといっても、現地に行ったことはないのだから、丁重な扱いはされなかったろう。上総も「住むべき国」ではなかった。

というわけで、この東下りは、すみだ河を渡る場面までとした。

筒井つの井筒にかけし

昔、田舎に住んでいた人の子どもたち、男の子も女の子も年ごろになって、恥ずかしがり会わなくなったが、ある日、男の子から、手紙（短歌）が女の子のもとに届いた。第二十三段である。

筒井つの井筒にかけしまろがたけ過ぎにけらしな妹《いも》見ざるまに

井戸枠で高さを測って遊んでいたわたしの背丈も、井戸枠を超える高さになったようだよ。

自分の身長が井戸枠より高くなったという報告ではない。わたしはもう大人になった。あなたと結婚したいな。という意味である。

女の子からの返事の歌。

くらべこしふりわけ髪も肩すぎぬ君ならずしてたれかあぐべき

長さをあなたと比べあったわたしの振り分け髪も肩を過ぎるほど長くなりました。あなたのために、髪上げの式を行いたいと思います。

髪上げの式とは女の子が大人になったしるしの儀式で、当時女性は、十二歳ごろ行っていた。ここでは結婚を承諾したという意味である。

こうして二人は結婚した。しかし、これでめでたしめでたしといかないのが人生。

やがて、男には、河内の国高安に、好きな女の人が出来てしまった。

しかし、この幼なじみの女性は、夫が河内の国へ出かけるのを嫌な顔もせず、こんな歌を詠む。

風吹けば沖つ白波たつた山夜半にや君がひとりこゆらむ

たつた山を夜中に、あなたはひとりで越えていることでしょう。どうぞご無事で。

この歌を聞いて、男は女をとても愛《いと》しいと思い、河内には行かなくなった。これで終われば、めでたしめでたしなのだろうが、そうはいかないのが人生。

男はまた、高安の女のところへ出かけて行ったのだ。

女は喜んで、自らしゃもじを取って、茶碗に盛ったご飯をさし出した。これが二人の決定的な別れとなる。

貴族の女性は自分でご飯を盛ってはいけなかった。侍女にさせなければならなかった。男は高安の女のしたことが許せず、二度と河内へ足を向けることはなかったのである。

男に捨てられた女は歌を詠む。

君があたり見つつを居らむ生駒山雲な隠しそ雨は降るとも

あなたの住んでいるあたりをじっと見て暮らしましょう。雲よ、生駒山を隠さないでおくれ。たとえ雨が降るとしても。

君来むと言ひし夜ごとに過ぎぬれば頼まぬものの恋ひつつぞふる

あなたが来ると言ったのに、来ない夜がたび重なり、あてにはしていませんが、
それでも、あなたのことが恋しくてたまりません。

二人の女性の歌はいずれも素晴らしいが、高安の女の方が切なく哀しく心を打つ。
奈良から河内まで歩いたことがある。片道二十キロ。
若い男なら、一日で往復出来る。

梓弓真弓槻弓年をへて

昔、片田舎に住んでいた男が、妻を家に残して、京に仕事に出かけた。三年間帰って来なかったので、女は心を込めて求婚してきた別の男と、夜、祝言を上げることになった、ちょうどその日、夫が帰ってくる。（第二十四段）
「この戸をあけてくれ」と男が戸をたたいたが、女は開けないで、歌を詠んでさしだした。

あらたまの年の三年を待ちわびてただ今宵こそ新枕《にひまくら》すれ

三年もの間待ちくたびれて、わたしは今夜他の人と結婚するのです。

夫は、

梓弓真弓槻弓年をへてわがせしがごとうるはしみせよ

年月を重ねて、わたしがあなたを愛したように、新しい夫と、むつまじく暮らして下さい。

という歌を詠んで去ろうとする。妻は、

梓弓引けど引かねどむかしより心は君によりにしものを

あなたの心はどうあれ、わたしの心は昔からあなたに寄せていましたのに。

と詠んだが、もう夫の影はなかった。妻は必死に追いかけたが追いつかず。清水の湧いているところに倒れ伏してしまった。そこにあった岩に指の血で、

あひ思はで離《か》れぬる人をとどめかねわが身は今ぞ消えはてぬめる

わたしの思いが通わなくて、離れてしまった人を引きとめることが出来ず、わたしはいま死んでしまいそうです。

と書いて、その場で亡くなってしまった。

ここには、普通なら起こりえないことが三つある。

家を出て行って三年目、他の男と結婚するちょうどその日に帰って来る。この確率は千分の一以下だろう。

やっと我が家に帰ってきた夫が、妻がその夜、他の男と結婚すると聞いて、他の男と幸せに暮らせよと、妻に言えるだろうか。

死ぬまぎわに、岩に、指の血で短歌が書けるものかどうか。

こんなことがまったく気にならないほど、この物語は、不思議なリアリティがある。

五月待つ花橘の

昔、仕事が忙しくて、十分には、妻に愛情をそそいでやれなかった男がいた。

妻は、好きだよ、と言ってくれる男が出来て、一緒に他国へ行ってしまった。

この、妻に去られた男は、朝廷の仕事として、大分県宇佐市の宇佐神宮への使者となった。

途中、ある国の役人の妻となっている、元の妻に出会う。

男は酒のさかなである橘を手にして、歌を詠む。第六十段である。


五月《さつき》待つ花橘の香をかげばむかしの人の袖の香ぞする

五月を待って咲く橘の花の香をかぐと、昔愛しあった人の袖の香りを懐かしく思い出します。


その歌を聞いて、元の妻は尼になって、山にこもってしまった。

女は、自分が捨てたにもかかわらず、今も自分を深く思ってくれる男の心情に触れ、いたたまれなくなったのであろう。

『万葉集』に、

風に散る花橘を袖に受けて君がみ跡と偲《しの》びつるかも
（作者未詳）

という歌があり、これはこれでいい歌だが、「五月待つ」の歌は、どこかやわらかく、なつかしく、ふっくらとした感じがある。

第十六段に、業平の義父である紀有常の話がある。

三代の帝に仕えて、栄えていたが、晩年は没落してしまった。それでも、心美しく、上品なことを好んで、ますます貧乏になってゆく。妻はもう年をとっていたので、いまさら再婚も出来ず、尼になる。

この当時は、尼になれば、生きるための最低の食生活は保証されていたのだろうか。

いにしへのにほひはいづら

第六十段の話とほとんど同じ内容なのに、男の態度のまったく違う話がある。第六十二段である。

昔、何年もの間訪れてやらなかった女が、男の心が自分から離れたと勘違いして、あてにならない、別な男の甘い言葉に乗って、田舎へ行ってしまった。

女は地方在住の人に使われて、以前夫だった男の前に出てきて、食事の世話をした。

男は「わたしを覚えているかね」と言って歌を詠む。

いにしへのにほひはいづら桜花こけるからともなりにけるかな

あの昔の美しさは、どこへいってしまったのだろう。桜の花のように美しかったあなたは、こけるから（花をこき落としたあとの幹。なんの見所もないさまをいう）となってしまったねえ。

女は返事もしないで、座っている。

男は「どうして、返事もしないのか」と、追い打ちをかける。次の歌である。

これやこのわれにあふみをのがれつつ年月経れどまさりがほなき

これがまあ、わたしを捨てていって、以前よりよくなった様子もない人のありさまなのだなあ。

女は逃げ出した。何処へいったのかわからない。

この話が、きっと事実なのだろう。自分を捨てていった女に、「今でもおまえを愛しているよ」などと、甘いことばをかけるはずがない。

五月待つ花橘の香をかげばむかしの人の袖の香ぞする

という歌の登場する第六十段は、現実にはありえない、夢のような話。だからこそ、美しく、人の心を打つ。この歌は有名であるが、第六十二段の二つの歌を知っている人は、幾人いるだろうか。

世の中にたえてさくらの

昔、惟喬《これたか》親王という親王が居た。水無瀬《みなせ》というところに離宮があって、毎年、桜の花盛りに、鷹狩に出かけた。その時、右馬頭《うまのかみ》であった人をいつもつれていた。狩の方は熱心にもしないで、酒を飲んでは短歌を作るのに熱中していた。

第八十二段の始まりである。

惟喬親王は、文徳天皇の第一皇子。普通なら、次の天皇になっても不思議ではないのだが、当時は藤原氏全盛の時代。第四皇子である藤原氏の系統の惟仁《これひと》親王が即位して、清和天皇となってしまう。

惟喬親王の母親の静子の兄が紀有常で、在原業平は紀有常の娘と結婚しているから、惟喬親王と在原業平は親戚である。このころ、在原氏も紀氏も官位には恵まれていなかったので、親王共々辛い思いをしていた。

『伊勢物語』が、千年以上も読みつがれてきた背景の一つは、政治的に恵まれなかった業平や有常、惟喬親王への、読者の、同情の思いもあるのだろうか。

さて、右馬頭であった人が詠んだ歌、

世の中にたえてさくらのなかりせば春の心はのどけからまし

世の中にまったく桜というものがなかったら、散るのを惜しんだりして心を悩ませることも無く、春の気分はのどかであろうに。

もう一人の人の歌は、

散ればこそいとど桜はめでたけれ憂き世になにか久しかるべき

散るからこそ、ますます桜の花はすばらしいのだろう。このつらい世の中で、いったい何が久しくとどまっているだろうか。

と詠んで、その木のもとから立ち去って帰るうちに、日暮れになった。

右馬頭というのは在原業平で、もう一人の人とは、紀有常である。このころ、業平は、右馬頭という役職についていた。右馬頭とは、馬を飼育する役所の長官である。

お供の人が酒を持ってきたので、酒を飲むのによさそうな場所を探して歩くと、天の河に着く。これは、当時淀川に注いでいた川であった。

そこで歌を詠み、水無瀬離宮に帰って、また歌を詠み、夜が更けてゆく。

花見をし、酒を飲み、歌を詠み、皆さん楽しんではいるのだが、どこか寂しい。太陽の下でなく、月の光の中で生活しているような感じがある。

ここに挙げた二つの歌にしても、桜の美しさを正面から正直にはとらえていない。

世の中に桜がなかったらどんなにのどかだろう。とか、散るからこそ桜はすばらしいのだとか、どうも素直でない。心の奥に鬱々《うつうつ》としたものがあるのだろうか。

千年以上も前の作品なのに、感覚は現代人にそのまま通じるようだ。

忘れては夢かとぞ思ふ

とつぜん、惟喬親王が出家してしまう。

正月に、お目にかかろうとして、隠棲した小野へ出かけていくと、そこは比叡山のふもとなので、雪が積もってすごい高さである。それでも無理に、庵室まで行ってお会いすると、何をすることもなく、哀しげな様子である。

やや長く居て、昔のことなどを思い出しては、話をした。そのまま、そこに居たいとは思ったが、宮中の仕事などもあったので、夕暮れに、帰ろうとして、

　　忘れては夢かとぞ思ふおもひきや雪ふみわけて君を見むとは

　　　ふと、現実であることを忘れて、夢かと思ってしまいます。深い雪をふみわけて、こんなところであなたにお会いしようとは。


と詠んで、泣く泣く都に帰ったのだった。

第八十三段である。これは、わたしの知っている短歌の中で、いちばん衝撃的な作品だっ

た。

「忘れては夢かとぞ思ふ」という、大胆な歌い出し、「雪ふみわけて」の具体的な情景。「君を見むとは」の感動的な表現。てっきり、恋の歌かと思った。

親王は、山里でそこに暮らす人々の生活の中に溶け込み、自ら質素な生活を貫いたという。桜の花と詩歌を愛し、『古今集』に二首、『新古今集』、『続後拾遺集』、『新千載集』に各一首が残されている。

かち人の渡れど濡れぬ

男が、朝廷の狩の使いとして、伊勢に出かけた。狩というのは、鷹狩のことである。鷹を使って、鶉などを捕る。

それが何と、伊勢神宮に仕える斎宮《さいぐう》に惚れてしまったのだ。第六十九段は、哀しくも美しい純愛の物語。

伊勢に着いて二日目の夜、男が「今夜、お会いしたい」と女に言う。女も会うまいとは思わなかった。

女は人々が寝静まってから、午後十一時ころ、月の光のおぼろな中、やって来る。まだ、何もうちとけて話し合わないうちに、午前二時ごろ、帰ってしまった。

次の日、歌が贈られて来る。

君や来しわれやゆきけむおもほえず夢かうつつか寝てかさめてか

あなたが来たのかわたしが行ったのかはっきりしません。これは夢でしょうか、現実でしょうか。

かきくらす心のやみにまどひにき夢うつつとは今宵さだめよ

哀しみのため真っ暗になったわたしの心は、乱れて分別もつきません。夢か現実かは今夜来て、はっきり決めてください。

男は、こう詠んで、女に贈り、狩に出た。心はうつろで、人が寝静まってから、早く会おうと思っていると、伊勢の国守で、斎宮寮の長官を兼ねている人が、狩の使いが来ていると聞いて、一晩中、酒宴を催したので、とうとう会うことが出来なかった。

夜が明けようとするころ、女の出す別れの盃の皿に、

かち人の渡れど濡れぬえにしあれば

徒歩で河を渡っても裾が濡れない流れのような、浅いご縁でしたので。

という歌が書いてあり、下の句が無い。男はその盃の皿に、たいまつの炭で、下の句を書きつづける。

またあふ坂の関はこえなむ

また、逢坂の関を越えて、会いましょう。

夜が明けると、男は尾張の国へ旅立っていった。

斎宮は、惟喬親王の妹、恬子《やすこ》内親王。男はもちろん在原業平。恬子内親王が十八年の斎宮生活を終え、京に戻って三年後、業平は五十六歳でこの世を去った。京で、二人が会った形跡は無い。

野とならば鶉となりて

『方丈記』を書いた鴨長明の歌論書『無名抄《むみょうしょう》』の中に、師の俊恵《しゅんえ》法師が、鴨長明に語った話として、こんなことがある。

俊恵法師が藤原俊成に会ったとき「あなたのおもて歌（代表作）は何ですか）」と聞くと、

夕されば野辺の秋風身にしみて鶉鳴くなり深草の里　（『千載集』）

夕方になると、野辺を吹き渡る秋風が身にしみて感じられ、うずらの鳴くのが聞こえる深草の里よ。

であると答えたという。そこで俊恵法師が長明に語るには、

「わたし（俊恵）が思うことには、俊成様の『夕されば』の歌はたいへん優れてはいるが、『身にしみて』という第三句の部分がたいそう残念に思われる。

これほどの高い水準においては、『身にしみて』などと、景色などの眼前の事柄や具体的な気持ちなどをはっきり表現すべきではなく、自然に何となく身にしみたことであったよと思わせるようにすることが奥ゆかしいことであるし、上品で優れている表現であると思う。

この『夕されば』の歌のように、中心命題となる『身にしみて』をそのまま表現したのでは、歌としてはつまらない底の浅いものになってしまう」

俊恵法師の言葉をそのまま受け取れば、その通りかもしれないと思ってしまうが、藤原俊成ほどの歌人が、そんな初歩的なミスをするだろうか。

この歌は、『伊勢物語』第百二十三段にある短歌の本歌取りである。本歌取りとは、有名な古歌（本歌）の一句もしくは二句を自作に取り入れて作歌を行う方法で、主に本歌を背景として用いることで奥行きを与えて表現効果の重層化を図る際に用いた。

昔、深草の里に住んでいた女のもとに通っていた男が、「この里をわたしが出て行ったら、この深草の里はもっと草深い里になってしまうねえ」という意味の歌を詠んだ。それに対し、女の詠んだ歌。

野とならば鶉《うづら》となりて鳴きをらむかりにだにやは君は来ざらむ

ここが荒れ野になってしまったら、わたしは鶉となって鳴いていましょう。そうすればあなたはせめて、狩にだけでも、来てくれるでしょうから。

この歌が本歌であるから、「野辺の秋風身にしみて」とある、「身にしみて」は、作者俊成というより、鶉になった女なのだろう。その、秋風が身にしみて鳴いている鶉の声を聴いている作者も、そして読者も、野辺の秋風が身にしみているのだ。単純な作品ではない。

世の中にさらぬ別れの

母は長岡という所に住んでいた。子である男は、京の宮廷に仕えていたので、しばしば会いに行くわけにもいかなかった。一人っ子でもあったので母はとてもかわいがっていたが、十二月のある日、とつぜん手紙が来る。第八十四段の、母の歌。

老いぬればさらぬ別れのありといへばいよいよ見まくほしき君かな

わたしは年をとったので、避けられない別れがあるということですから、ますます会いたいと思うあなたです。

その子はたいそう涙を流してこう詠んだ。

世の中にさらぬ別れのなくもがな千代もといのる人の子のため

この世の中に避けられない別れなど無ければいいのに。親が千年も生きて欲しいと願うわたしのために。

きわめて真面目な、素直な、正直な、だからこそ、心を打つ歌である。在原業平という人はどんな歌でも自由自在に詠みこなす。

母は桓武天皇の皇女、伊都《いと》内親王。どうして、長岡に住んでいたのだろう。

長岡京は平安京の前に、都の置かれた地であった。桓武天皇の即位したのが七八一年。長岡京に遷都したのが七八四年。平安京遷都は七九四年。わずか十年の都だった。

昨年、長岡京跡へ出かけた。京都駅から、大阪方面へ六・四キロ。間違っても、長岡京という駅まで行ってはいけない。その一つ手前の向日《むこう》町という駅で降りる。長岡京の史跡の大部分は、この向日市にある。

残念ながら、今残っているのは、築地跡くらいで、桜の花が空しく散っていた。大極殿跡は小さな公園となっており、内裏の回廊跡にはお寺が建っている。業平の母、伊都内親王のお邸は見つけるすべもない。

桓武天皇の次は平城天皇（業平の祖父）の代になったが、体が弱いということで、弟に位を譲ってしまった。おまけに、上皇になってから、都を奈良に戻したいと、弟の嵯峨天皇と不仲になってしまう。

平城上皇は、天皇に負けて出家し、この事件にどの程度かかわったかわからないが、息子の阿保親王（業平の父）は、九州の大宰府に十四年も暮らすことになる。

父方をたどれば、業平の曽祖父は平安京を開いた桓武天皇。母方をたどれば、祖父が同じ桓武天皇。こんな事件さえなければ、どう考えても、天皇に一番近い距離にいたはずだった。

もし、天皇になっていたとすれば、『伊勢物語』は存在するはずもなく、『源氏物語』も生まれなかったかもしれない。能の「杜若《かきつばた》」も、「井筒」も無く、尾形光琳の国宝「燕子花《カキツバタ》図屏風」も無く、何とつまらない世の中になったことだろう。

兼好法師家集

世の中の秋田刈るまで

世の中の秋田刈るまでなりぬれば露もわが身もおきどころなし

稲を刈るころ（出家しようとするころ）までになってしまったので、稲葉の露もわが身も置き所がないことよ。

兼好法師は、『徒然草』の中では、人間は一日も早く出家すべきだ。仏道の修行をしなければならないと、強く主張しているのに、自身のことになると、この歌のように、けっこう悩んだりしている。

鎌倉時代の末から南北朝にかけて、歌人として、『徒然草』の作者としてあまりにも有名な人だが、生まれた年も亡くなった年も分かっていない。しかし、七十歳位までは生きたらしい。

若くして、堀川家の家司（けいし、特に身分の高い貴族の家の事務職をすること）をしていたが、やがて、後二条天皇に仕え、初めは六位の蔵人《くろうど》。六年後には、左兵衛佐（さひょうえのすけ、天皇の警護をする役目の次官）になった。余談だが、若いころ兵衛佐になった人としては、平清盛、源頼朝がいる。

後二条天皇の崩御にあって、宮廷を退き、一三一三年ごろ出家した。三十歳位のころと思われる。出家の理由はまったくわかっていない。

『兼好法師家集』の「家集」は、個人の詠んだ短歌を集めた歌集という意味であるが、この書物の場合、二百八十五首の短歌が載っている。しかし、贈答歌など、別な人の作品も交じっているので、兼好自身のものは、二百六十九首である。だから、厳密には「家集」とは言えないのかもしれない。

詞書（ことばがき、短歌の前書き）がけっこうあるので、前後の様子が分かり、重宝した。

ふるさとの浅茅が庭の

兼好は、鎌倉へは少なくとも、二度は出かけている。ただ、いつ、何歳のころ、何の目的があって出かけたのか、分かっていない。

兼好の実兄の卜部《うらべ》兼雄は鎌倉幕府の御家人で、後に執権となる金沢貞顕の執事として仕え、その関係で兼好も鎌倉では貞顕と親しくしており、金沢区の「上行寺《じょうぎょうじ》」境内に庵があったと伝えられる。

金沢文庫（鎌倉時代のなかごろ、北条氏の一族の北条実時が武蔵国久良岐郡六浦荘金沢の邸宅内に造った武家の図書館）が近く、兼好は、そこでたくさんの古文書を読みふけったようだ。

出家前、京都の御所で、蔵人《くろうど》や左兵衛佐をしていたころの知識とあいまって、『徒然草』の中味の濃さは、こうして醸《かも》されていった。

武蔵の国金沢《かねさは》といふところに、昔住みし家のいたう
荒れたるに泊まりて、月あかき夜

ふるさとの浅茅が庭の露のうへに床は草葉とやどる月かな

以前住んでいた家の荒れ果てた庭におりた露の上に、わたしの寝床は草葉だと宿
っている月だなあ。

しみじみとしたいい歌だと思うのはわたしだけだろうか。『兼好法師家集』の作品は目立たないものが多いが、しんみりと心を打つものがある。

金沢文庫で、二〇〇八年九月、「徒然草をいろどる人々」という企画展があり、出かけた。兼好が称名寺の長老にあてた手紙の懸紙《かけがみ》（現在の封筒）に兼好の真筆の署名のあるのが目を引いた。

その日は神田一ツ橋の学士会館での、俵万智さんの講演会と重なってしまい、学士会館についたのは、午後六時、ちょうど始まるころだった。

一番後ろの席だったので顔はよく見えなかったが、声は張りがあって、よく届いた。高校のころは演劇部に所属していたというが、わたしも、高校では演劇部だったことをなつかしく思い出した。

万智さんはまた、近々本を出す予定だが、ただ作品がたまったから出版するというのではなく、作品全体に一つのテーマを持って出したいという。大事なことだとは思うがとても真似は出来そうにない。

都にて思ひやられし

京都から鎌倉までの旅の間に兼好の詠んだ名所は、富士山、大磯、三保の松原、田子の浦、宇津の山などで、ほとんどは二度目の鎌倉行きのときらしい。一回目の下向の際の作品ではないかと言われているのは、「東《あづま》にて、宿のあたりより富士の山のいと近う見ゆれば」という詞書のこの歌である。

都にて思ひやられし富士の嶺を軒端《のきば》の丘に出でて見るかな

都で想像していた富士の山を、今は宿の軒端近くの丘に出て実際に見ることだなあ。

何とも素直で常識的で、感想の述べようがない。嫌味のないのを好しとするか。一回目の鎌倉行きは、二十六歳ではないかという説があり、そうだとすれば、二十代の、出家前の兼好は、素直な好青年であったのだろう。

宇津の山を詠んだ歌は、

一夜寝し萱《かや》のまろ屋のあともなし夢かうつつか宇津の山越え

先年、一夜寝たふもとの萱葺《かやぶ》きの仮小屋は、今はあとかたもありません。宇津の山越えは夢だったのでしょうか。現実だったのでしょうか。

であり、一回目でないことは明らかである。なお、「夢かうつつか」と詠んだのは、『伊勢物語』の、

駿河なる宇津の山べのうつつにも夢にも人に逢はぬなりけり

を意識したのだろう。

鎌倉に着くと、金沢近くを源流とする、いたち河というところで、「いたちかは」という五文字を折り込んだ歌を詠んでいる。

いかにわがたちにし日より塵のゐて風だに閨を払はざるらん

わたしが旅に出た日からどれほど塵が積もり、人はもとより風さえも閨《ねや》を払わないでいることでしょう。

いかにわが

たちにしひより
ちりのゐて
かぜだにねやを
はらはざるらん

上の部分を右から左へよんでいくと、「いたちかは」となる。これが折句である。いたち河の名の由来は、鎌倉街道の出立点としての「いでたち」の転とされている。

通ふべき心ならねば

『徒然草』の中で、兼好の女性を見る眼はなかなか厳しいものがある。これらは、原文の方が迫力があると思うので、口語訳はあえてしない。雰囲気を感じとってほしい。

第百七段では、

女の性《しやう》は皆ひがめり。人我《にんが》の相深く、貪欲《とんよく》甚だしく、物の理を知らず。たゞ、迷ひの方に心も速く移り、詞《ことば》も巧みに、苦しからぬ事をも問ふ時は言はず。用意あるかと見れば、また、あさましき事まで問はず語りに言ひ出だす。深くたばかり飾れる事は、男の智恵にもまさりたるかと思へば、その事、跡より顕《あら》はるゝを知らず。すなほならずして拙《つたな》きものは、女なり。

第百九十段は、

妻《め》といふものこそ、男《をのこ》の持つまじきものなれ。「いつも独り住みにて」など聞くこそ、心にくけれ。「誰がしが婿に成りぬ」とも、また、「如何なる女を取り据ゑて、相住む」など聞きつれば、無下《むげ》に心劣りせらるゝわざなり。

なぜ、こんなに厳しいのか、答えはただ一つ。きっと、大好きな女性がいて、失恋したのだ。

実は、わたしが、『兼好法師家集』を読み、随筆を書こうと思い立った理由はここにある。思ったとおり、こんな歌がみつかった。

通ふべき心ならねば言の葉をさぞともわかで人や聞くらむ

通じる気持ちではないので、わたしの言葉を恋心を伝えたものだとも分からないであなたは聞いておられるのでしょう。

今さらにかはる契りと思ふまではかなく人を頼みけるかな

今になって二人の仲がこんなに変わってしまったのだと、びっくりするほど、あなたのことをずっと頼みにしていました。

失恋する前は、次の歌のように、とても順調に、深草に住む女性のところへ通っていたのだが。

衣打つ夜さむの袖やしほるらんあか月露の深草の里

秋の夜寒に衣を打つ女の袖は涙にぬれしおれていることでしょうか。暁の露深い深草の里よ。

この女性と結ばれ、子どもでも生まれていれば、『徒然草』という書物は生まれることなく、兼好も出家せず、俗名《ぞくみょう》の、「かねよし」のまま、一生を終わったかもしれない。

背きてはいかなる方に

「世をそむかんと思ひ立ちしころ、秋の夕暮れに」という詞書のある歌で、一三一三年九月、推定年齢三十一歳以前の、出家しようと決めたときの作品。

背《そむ》きてはいかなる方にながめまし秋の夕べもうき世にぞ憂き

出家したらどんなふうに眺めることでしょう。こんなに素晴らしい秋の夕暮の景色も憂き世にいてはとても辛《つら》く感じられます。

出家したとはいえ、兼好は、特定の寺で修行するわけではない。世間でふつうの生活をしながらの修行である。したがって、収入が無ければ生きていけない。

一三一三年、兼好は、山科の小野に、一町歩の土地を買った。その土地を五人の小作人に、一年に十石の年貢米をさしだすことで、貸したのである。当時は、一人が一年間食べる米の量は一石というのが標準であったから、一人で暮らすには十分であったろう。

兼好の余裕ある生活ぶりは第二百二十四段でわかる。

陰陽師の有宗入道が鎌倉から上ってきて、訪ねて来たことがあったが、まず邸の中に入ると、「この庭はいたずらに広すぎる。こんなことはあってはならないことだ。教養のある者は、植えることに励むものだ。細道一つを残して畑にしなさい」と忠告した。

兼好はいたって素直で、まことに、少しの土地でも無駄にするのはよくない。食べられる物、薬草などを栽培すべきだと、反省している。

わたくしごとであるが、家を建てるときに、建物は東に寄せて三階建てにし、西に、三十坪ほどの畑を作った。

猫の額であっても、夏は、キュウリ、ナス、トマト、オクラ、モロヘイヤなど、七人家族でも食べきれない。冬は、ブロッコリー、カリフラワー、キャベツ、大根、コカブ、アブラナなど、これまた、食べきれないほど採れる。

『徒然草』第二百二十四段の有宗入道の言葉を実行しただけである。古典というものは、文学として読むだけでなく、実用書として、とても価値がある。

たのめおく言の葉なくは

兼好は、一三一三年に、生活のため買った一町歩の土地を一三二二年に、大徳寺の塔頭（たっちゅう、大きな寺の敷地の中にある小寺院）に、買ったときの値段の三分の一の三十貫文で売った。理由は不明である。

このころになると、兼好は浄弁、頓阿、慶運とともに、二条派の和歌四天王と称され、短歌の指導料などの収入が入るようになっていた。ラブレターの代筆をして生計をたてていたといううわさもある。

『兼好法師家集』の中にも、「人に代はりて」と、明らかに代筆である恋の歌が、三首入っている。その一つがこの作品である。

たのめおく言の葉なくは逢はぬまにかはる心を嘆かざらまし

あてにさせるお言葉がなかったならば、逢わない間に変わるあなたのお心を嘆くことはなかったでしょうに。

ラブレターの代筆は、女にも男にもしてやった。有名な話が、『太平記』にある。

室町幕府を開いた足利尊氏の執事高師直《こうのもろなお》が人妻を好きになって、兼好にラブレターの代筆をさせるが失敗する。

これは、ラブレターの中味が悪かったからではない。その人妻は読まないで、庭に捨ててしまったのだから。いくら兼好が恋歌の天才でも力のふるいようがない。

それにしても、この「たのめおく言の葉なくは」の歌の何と繊細な心のこもった内容。女性のための代筆であったのだろう。

これだけの腕があるのだから、女性の一人くらいは口説いて、坊さんをやめて、人並みの、子や孫にかこまれる幸せをなぜ求めなかったのか、もったいないことである。

行末の命を知らぬ

二度目の鎌倉へ旅立つとき、清閑寺に立ち寄り、道我僧都に対して詠んだ歌。

行末の命を知らぬ別れこそ秋とも契るたのみなりけれ

行く末いつまでの命かわからない身の別れですから、秋にはまたお会いしましょうと約束することが生きる頼みになるのです。

歌そのものは特に面白いところもないが、この道我僧都は、『徒然草』第百六十段に「僧正」として登場する。

僧正は僧都より位が上である。『徒然草』は、兼好が四十八、九歳のころ書かれ、『家集』の方は六十三歳のころまとめられた。

坊さんの位は年齢とともに上がっていくらしいから、少し気になるところではある。

第百六十段にはこんなことが書いてある。

門に額を飾るのを「額《がく》を打つ」と言うのは正しい言い方なのか。書道の師家である勘解由小《かでのこう》路《じ》二品《にほん》禅門は、「額を懸ける」とおっしゃった。見物の時の「桟敷《さじき》を打つ」という言い方も良いのであろうか。普通、「天幕を打つ」とは言う。しかし、「桟敷を構える」という言い方もあるのだ。

「護摩を焚く」と言うのも良くない（護摩という言葉自体に護摩を焚くという意味が含まれているので）。「修する」や「護摩する」などと言うほうが正しいだろう。「行法」は、法の字を濁音無しで「ギョウホウ」と言うのは悪い。濁音できちんと「ギョウボウ」と言うべきだと、清閑寺の僧正がおっしゃっていた。いつも使う言葉であっても、このような間違った使い方が多いものだ。

口語訳しても、意味がよく分からないほど、ややこしい。とにかく、兼好も清閑寺の僧正も、言葉の使い方には厳しいということが分かればいいことにしよう。

『徒然草』の成り立ちについて、こんな伝説がある。

今川了俊は、足利氏の二代、三代に仕えた武将で、且つ冷泉《れいぜい》家の歌風に立つ歌詠みとして聞こえたが、兼好法師の没後に、兼好の弟子の命松丸《みょうまつまる》という歌詠みに行き会い、「なにか兼好法師の形見が残っていないか。あの法師のことだ。書き残した物でもあれば、さぞ面白かろうに」と訊ねたところ、命松丸はそれに答えて、「はい、お師匠さまは筆まめな方でしたが、一つも世に残そうなんていうおつもりはなかったようで、反古はそばから紙衣《かみこ》や何かに使ってしまい、残っている物といえば、旧《もと》の草庵の壁やら襖《ふすま》紙に貼った古反古ぐらいしかございませぬ」、「ほう、それは見つけものだ。面倒をかけるが、ひとつその反古を剝がして、わしに見せてくれんかの」。そこで、命松丸も、それはよい偲び草ともなり、またあれほどなお方の文字を勿体ない事だとも考えて、双ヶ岡や吉田山の旧草庵の物を丁寧に剝《は》がして、やがて今川了俊の手元へとどけた。それは分厚い一ト束にもなる反古の量だったので、ふたりしてこれを整理翻読《ほんどく》したすえ、編集したものが、すなわち後世に読み伝えられてきた『徒然草』になったという。

さわらびのもゆる山辺を

『徒然草』第百七段にこんな場面がある。

突然の女の質問を、優雅に答える男は滅多にいないらしいので、亀山天皇の時代に、宮廷の女達が男をからかっていた。若い貴族が来るたびに、「ホトトギスの声は、もうお聴きになって?」と質問し、相手の格付けをした。のちに大納言になった何とかという男は、「虫けらのような私の身分では、ホトトギスの美声を聞く境遇にありません」と答えた。堀川の内大臣は、「山城国の岩倉あたりで鳴いているのを聞いた気がします」と答えた。女たちは「内大臣は当たりさわりのない答え方で合格だが、虫けらのような身分というのは、よくない」などと、格付けをするのだった。

何でもない話のようだが、兼好が堀川の内大臣（堀川具守）の家司をしていたとなると、あまりにもあからさまに、主君を立てていると思われても仕方があるまい。
堀川具守の亡くなった一三一六年の次の年の春、兼好は具守の住んでいた岩倉に出かけてわらびを取り、延政門院（後嵯峨天皇の皇女、悦子内親王）に仕える女房（女官）一条に歌を贈る。雨の日であった。

さわらびのもゆる山辺をきて見れば消えし煙の跡ぞかなしき

さわらびが芽吹いた山辺に来てみると火葬のあとが本当に悲しいことです。

一条とは、『兼好法師家集』、『徒然草』を通してただ一人登場する実名の女性である。兼好とどういう関係だったか、幾人もの学者が、想像をたくましくしているが、ここでは触れないことにしよう。
一条からの返事は、

見るままに涙の雨ぞ降りまさる消えし煙のあとのさわらび

見るにつけても涙がいっそう流れます。火葬の跡に萌え出たさわらびを。

これらの歌は『源氏物語』四十八帖「早蕨」の、

この春は誰にか見せむ亡き人の形見に摘める嶺の早蕨

という歌をふまえているわけであるが、この時代は、古典の教養が無いと、うっかり、歌のやり取りもできない。

堀川具守の住んでいた岩倉とは、いったいどんな所なのだろう。

ＮＨＫのＢＳで、朝日歌壇の選者永田和宏さん宅で、奥さんの河野裕子さん、息子、娘さんの四人で、連歌をするのを見たことがある。奥さんも、毎日歌壇の選者で、お子さんの二人も歌人である。

岩倉とは、竹林に囲まれた、今でも自然の残る、魅力あふれる環境である。

それにしても、歌人とは、非常にデリケートな、そして、ものすごい集中力を必要とする仕事だと思われるが、四人も一緒に暮らしていて、パニックになることは無いのだろうか。

裕子さんが、夜中に、わたしの家に電話を掛けてきたことがある。毎日歌壇に、わたしの投稿した短歌の中にある「河原野火」という語が造語（今まで使われたことのない新しく作った言葉）なのかという質問だった。

電話の背後に、ものすごく張りつめた空気があった。

しのぶらむ昔にかはる

『徒然草』の第三十一段に、次の話がある。

雪がとても美しく積もった朝、ある人のもとへ用事があって手紙を出したが、雪のことは何も書かなかった。その返事に、

「今朝のこの雪をどう思いますか。と、まったく書いてないような、詩ごころのない方のおっしゃることなど、どうして聞き入れることがありましょう。ほんとうに残念な、教養の無さです」

と言ってきたのは、面白いことだと思った。

もう亡くなった人なので、こんなことも忘れ難い。

この相手は女性だろうということになっているが、これこそ、『兼好法師家集』に実名で二度登場する一条のことではないかと、真面目に考えている学者もいる。

「延政門院一条、時なくなりて、あやしきところに立ち入りたるよし申しおこせて」という詞書のある、兼好あての歌は、

思ひやれかかる伏屋のすまひして昔をしのぶ袖の涙を

思いやってください。このような粗末な家に住んで、昔をしのんで袖に涙を落としていることを。

この歌を見ると、一条は、第三十一段の女性より精神的に、兼好に近い関係にあるような気がする。この歌にしても、なんだか甘えているような内容ではないか。

一条ならば、雪を書かない手紙を受け取ったとしても、兼好の気持ちを理解し得たにちがいない。

返事の歌は、

しのぶらむ昔にかはる世の中はなれぬ伏屋のすまひのみかは

あなたがしのんでいらっしゃる昔と変わったのは、住み慣れない粗末なお住まいだけではありません。世の中すべてが変わってしまいました。

兼好の方が、冷静で、一条と距離を置いているようだ。

契りおく花とならびの

「双《ならび》の岡に無常所まうけて、かたはらに桜を植ゑさすとて」という詞書のある歌。無常所とはお墓のことで、お墓に桜を植えて、死後は桜とともに過ごしたいという願いである。

契りおく花とならびの岡のへにあはれ幾代の春をすぐさむ

わたしの死後も一緒に過ごそうと約束して、桜と並ぶ墓所を準備したが、この双ヶ岡のほとりに、ああ、わたしは幾年の春を過ごすことでしょう。

兼好は生前、双ヶ岡に住んだのだろうか。住んだという話は、よく聞くが、どこか具体性がない。この歌にしても、書いてあるのは、墓に桜を植えたということだけである。

確かに、『徒然草』には、仁和寺《にんなじ》の僧侶のことが、五十二、五十三、五十四段と、三つもある。それも、全部、失敗談だ。

一つは、石清水八幡宮へお参りに行き、山の下にある末社だけ拝んで帰ってきた話。

二つ目は、足鼎《あしがなえ》をかぶって、抜けなくなった話。無理に抜いたので、耳と鼻が欠けてしまう。

三つ目は、双ヶ岡に弁当を隠して、お祈りをして見つけたことにしようとしたが、誰かが持って行ってしまったので、失敗する話。

だが、双ヶ岡のそばの仁和寺の話が三つあるからといって、作者が、双ヶ岡に住んだ証拠にはならない。

わたしは仁和寺が好きで、何度も出かけている。特別拝観で、五重塔の内部を見たこともあるが、極彩色の素晴らしい絵だ。

御所の中を通って土塀際に出ると、これも特別な日でないと見ることは出来ないが、苔のみどりが厚く広がって美しい。

通信教育の衛生看護科のある高校に勤務したことがある。生徒は年配の方が多かった。

修学旅行は仁和寺に行き、寺のそばの料亭で、三段重ねのつれづれ弁当をふるまった。皆さん、こんな豪華な昼食を食べたことはないと感動してくれた。

全体の予算は決まっているわけだから、ほかの日の弁当のお金を削って、つれづれ弁当につぎこんだだけだが、一点豪華主義が見事に成功。これで、兼好が双ヶ岡に住んだことがあってもなくても、『徒然草』を彼らが忘れることはあるまい。

いかにしてなぐさむ物ぞ

『徒然草』と『兼好法師家集』は、別人のものかとおもわれるほど違いがある。感じたことをまとめると、

『徒然草』は、エネルギッシュで断定的。自信に満ちあふれ、個性のきらめきがあり、華がある。力強く、面白いが、反発したくなるところもある。

『家集』の方は、おとなしくて静か。感性が平凡ではないかと思わざるをえない点もある。上手ではあるが、歓声をあげたくなるような、強烈な魅力はない。

まとめた年齢が十四ほど違うので、若いころの『徒然草』の方が若々しいのはあたりまえだ

という考えもあるが、その『徒然草』を書いた年齢より十年ほど下の、出家したころの短歌を読んでみてほしい。

一首めの、出家を誇らしく思う自信。二首めの、好きで出家したのに、寂しがる心。三首めの、これはまた出家したことへの自信。四首めで、嘆きが入り、五首めでやっと諦観か。見事に、気持ちが揺れうごいている。

これこそ、人間なのだと同感出来る。この素直さが、『兼好法師家集』の特徴と言えるだろう。

いかにしてなぐさむ物ぞ世の中を背かで過ぐす人にとはばや

どのようにして心を慰めるのですか、と遁世をしないで過ごしている人に尋ねたいものです。

たちかへり都の友ぞとはれける思ひすてても住まぬ山路は

帰って来て、都の友を自然と訪ねたことです。憂き世を捨てたけれども、心から住み慣れない山の生活は、寂しくて。

さびしさもならひにけりな山里にとひくる人のいとはるるまで

寂しさにも慣れたことだなあ、この山里に訪ねて来る人が厭われるまでに。

住めばまた憂き世なりけりよそながら思ひしままの山里もがな

住んでみるとここもまた辛い所でした。出家前に思っていた通りの、山里があったらなあ。

のがれても柴の仮庵の仮の世に今いくほどかのどけかるべき

遁世《とんせい》して粗末な庵に住んでも、仮のこの世にこれから先どれほどのどかに過ごせるのでしょうか。

夜も涼し寝ざめの仮庵

兼好の頓阿《とんあ》にあてた歌が、頓阿の『続草庵集』にある。

夜も涼し寝ざめの仮庵手枕も真袖も秋にへだてなき風

夜も涼しい。寝覚めしたこの仮の庵では手枕も袖も隔てなく風が吹いてゆく。

頓阿の返事は、

夜も憂しねたくわが背子果ては来ずなほざりにだにしばし問ひませ

夜もつらい。くやしくもあなたはついに来ない。なおざりでもいいから訪ねて下さい。

口語訳をしてみたが、実は、訳はまったく意味がないといっていい。
この歌には「沓冠《くつかむり》」という技巧があって、まず、兼好のものは、

よもすずし
ねざめのかりほ
たまくらも
まそでもあきに
へだてなきかぜ

まず、上の部分を右から、左へ読むと、「よねたまへ」下の部分を左から右へ読むと、「ぜにもほし」となる。つまり、「米をくれ。金も欲しい」という意味である。

よるもうし
ねたくわがせこ
はてはこず
なほざりにだに
しばしとひませ

頓阿の返事は、上の部分を右から左へ、「よねはなし」となり、下の部分を左から右へ、「ぜにすこし」となる。

なお、この時代は、清音《せいおん》と濁音は同じように扱っていいことになっている。

どうして、この「夜も涼し」の作品が、『兼好法師家集』に載っていないのか分からないが、わたしの知る限りでは、兼好が生活に困ったという情報は無い。経済的な面は、かなりしっかりしていたようだ。この歌は、親友頓阿との遊びの作品だったのだろう。

別な人にあてた歌なら、沓冠のものが『家集』に一首入っている。

沈（ジンチョウゲ科の常緑高木からとる香木。伽羅《きゃら》は上質なもの）を欲しいと言ってきた相手に、二切れさし上げようという返事を沓冠の歌にした。

憂きもまた契り変らでふるに今袂ぬれつつ露やくだくる

つらい境遇ながらも互いの関係は変わらないで過ぎてきたのに、今は袂がぬれて涙の露が砕け散ることでしょうか。

うきもまた
ちぎりかはらで
ふるにいま
たもとぬれつつ
つゆやくだくる

上の部分を右から左に読んでいくと、「うちふたつ」となり、下の部分も右から左に読むと「たてまつる（さしあげます）」となる。この沈がもし伽羅ならば、二〇一二年現在、一グラム一万円はする。

十七歳

東海の小島の磯の

「短歌の風景　兼好法師家集」の次に書くものは石川啄木の『一握の砂』にする予定で、かなりの資料を集めていた。

書き始めようとした、二〇一二年十一月十八日の夜、偶然、アメリカ合衆国から日本に帰化したばかりの、ドナルド・キーンさんの登場するテレビを見た。

キーンさんは、函館にいた。花束を持って立待岬の石川啄木一族の墓に来ている。わたしも、啄木一族の墓には二度出かけたことがある。なつかしく、墓に刻まれている、

東海の小島の磯の白砂に
われ泣きぬれて
蟹とたはむる

を見ていたら、何と、キーンさんは、九十歳になったのを記念して、啄木の評伝をまとめるのだという。

『源氏物語』の研究七十年。日本文学研究の第一人者であるキーンさんの啄木研究書は、きっと面白く奥の深い、文学史に長く残るものになるだろう。

わたしのような者が『一握の砂』を題材として、今書く意味があるだろうか。情熱はまたたくまにしぼんでしまった。

幾日か悩んだ末、自分自身の短歌集『十七歳』に切り替えた。

この本を知っている人は、まず、いないだろう。小さな薄い本で、中学生のころから、十八歳までの短歌、二百八十首を収めた。

作歌から、五十年近く経った二〇〇三年九月、「日本歌人全書」の一冊として、近代文芸社から発刊された。

大きなるかぶを食うとき

『十七歳』を発刊するにあたって、恐れていたことが、一つあった。なにしろ、中学、高校のころの短歌である。もし、極端にレベルが低かったらどうしよう。

ためしに朝日歌壇に投稿したら、馬場あき子さんが採用してくれた。それがこの作品である。

大きなるかぶを食うとき子兎は味わうごとく眼を細めたり

小学生のわたしたちは、戦後まもないころで、親から小遣いをもらうなんて考えられなかった。わたしの知っている限り、だれもが兎を飼い、育て、子を増やした。

草取りは子供たちの大切な仕事だ。鎌の扱いも研ぎ方もたちまち覚えた。

肉というものを食べることはほとんど無く、自分の飼っている兎は、食べるにしのびなくて、他の家の兎と交換した。

兎屋さんは、毛皮をやると、ただで肉にしてくれた。肉より毛皮の方が、価値があったのだろうか。

中学生になると、河原で「砂利ふるい」をした。砂利と砂を振り分ける仕事で、重労働であったが、兎を飼うより、お金になった。

農繁期には田植えや稲刈り、麦踏み、麦刈り。これは、昼飯、夕飯もつくので特に嬉しかった。牛の代わりに、田を耕す器械も引っ張った。

阿蘇のふもと六畳の家

父は、高崎市岩鼻町の我が家から近い、陸軍の火薬製造所に勤めていたが、敗戦近いころ、九州の大分県坂ノ市町に出来た新しい火薬製造所に転勤し、家族も全員、移住した。わたしの五歳のころだった。毎晩のように空襲があり、空は茜色に染まった。

九州にも米軍上陸の情報があり、父は阿蘇のふもとの小さな村に家族を避難させた。わずかな家財道具とトラックの荷台に乗った。

敗戦後もしばらくの間、椿の木の生い茂る、椿の花の甘い香りの中、六畳一間の家に十人が暮らした。

阿蘇のふもと六畳の家わが家族十人住みき戦破れて

小学校へは四キロの山道を通う。一年生にはとても遠く、祖母はいつも、こう言って、わたしを慰めてくれた。

「毎日、飽きずに通っていれば、まさるが大きくなるにつれて、小学校はどんどん近づいて来るんだよ」

小学校に足が生えて、こちらに歩いてくるのかと思っていた。釣瓶《つるべ》井戸があって、気が遠くなるほど深く、水がとても冷たかった。近くに城あとがあって、「荒城の月」を作曲したという滝廉太郎の銅像が建っていた。

二年生になって、ふたたび坂ノ市町の家に戻ったら、小学校は、歩いて二分ほどの距離だった。

引き揚げの列車より見し

三枝昻之さんの『作歌へのいざない』という本の中に、題詠についての項目がある。短歌講座の講師をしていると、

「感動していないのに、題を与えられて作るなんて」

という疑問を持つ人が少なくないという。

しかし、題詠が、その言葉に触発されて、名歌を生むことがあると、三枝さんは、北原白秋の第一歌集『桐の花』の巻頭歌、

春の鳥な鳴きそ鳴きそあかあかと外の面《とも》の草に日の入る夕

と、佐佐木信綱の代表作、

願はくはわれ春風に身をなして憂ある人の門をとはばや
（『思草』）

の二首、そして、三首めに、わたしが「NHK短歌」二〇〇七年二月放送分の題「焼く」に投稿した、

引き揚げの列車より見し町々は焼け野原また焼け野原また

を挙げている。三枝さんの評は、

「焦土と化した国土を故郷へ帰るときの歌ですね。「焼け野原また焼け野原また」の最後の「また」が、限りなく広がる焦土のさまを伝えて、強く印象に残りました。

この歌、門倉さんの実体験ならば、眠っていた焦土の記憶が「焼く」という題に刺激され

蘇ったわけです。そうでない場合はどうでしょう。誰かの体験談を思い出し、自分が引き揚げ者に変身して、焦土の日本にタイムスリップしたことになります」

「引き揚げ」と言っても、私たちは、外地からではなく、大分県坂ノ市町から高崎市までであるから、恵まれていた。

それでも、列車を乗り継いで、故郷まで、三日間もかかった。

『十七歳』に載っているのは、

広島と兄に言われて一面の焼け野原見き汽車の窓より

であるが、出版したものの中から投稿するのはいけないことになっているので、改作した。

パチンコで父の得てきし

故郷の岩鼻町に落ち着くと、父は近くの会社の事務の仕事をすることになった。

子どもが大勢だったので、生活が苦しく、その後、学習塾を始めた。塾と言っても、学年がバラバラなので統一して授業をするわけではない。各自、自分で勉強して、分からないところを父に聞くシステムである。

三十人以上集まることもあって、一人ではとても手が足りない。中学生のわたしも、手伝うことになった。

同級生の女の子も来ていたが、その日学校で習ったことを教えるわけだから、他の学年の子を教えるより、ずっと楽だった。

父と我の塾なり夜は子供らの集まる数が三十七人

父の趣味はパチンコだった。よく、チョコレートやキャラメルを取ってきてくれた。

パチンコで父の得てきしキャラメルの一箱を分けるこがらしの夜

父からは、囲碁と将棋の手ほどきを受けたが、とうとう、囲碁はものにならなかった。将棋は、面白くて、今でもテレビなど、楽しく見ることが出来る。

父は岩鼻の火薬製造所に勤めていたころ、秘密兵器の書類を持って、朝鮮半島経由で、大陸へ渡ったと聞いたことがあるが、その真実をわたしが知りたいと思ったときは、すでに病床にあって、不可能だった。

電気代も節約せよと

母の思い出はあまりにも切ない。

電気代も節約せよと口癖に言いいし母が花を買いおり

電気料節約すると灯を消して母は終い湯入りいるらし

和裁がとても上手だった。我が家の家計にどんなに助かったことだろう。和裁が仕事であるから、他の家族はこのようになる。

賃仕事に母いそしめば弟は学生服を慣れぬ手に縫う

新しく買いたるかばん盗まれて古き鞄を父は繕う

わたしは、何度か入院した。

暮れてゆく廊下に一人たたずめる母を残して手術室に入る

初めての湯たんぽ熱し手術後のベッドで思う父母のこと

我が呼吸聞きつつ思う夜の床不思議なるかな我というもの

晴れやかに映画見にゆく母を夢みぬ退院したる初めての夜に

十里半走ると昨日

十里半走ると昨日言いし兄初の門出は雨となりたり

十里半とは古風な言い方だが四二・一九五キロ、フルマラソンのことである。

わたしは七人兄弟だが一番上が女であとは全部男、何とも殺風景な中で育った。

この兄が長男で、走るのが大好きだった。

前橋から高崎へ出て、新町までの折り返し、四二・一九五キロの、兄の伴走を、わたしも自転車でしたことがある。

働きながら、高崎市にある夜間の短期大学を出て、東京の昼間の大学に編入した。どうも、目的は走ることだったらしい。

昭和三十年、第三十一回の箱根駅伝の六区に出場した。そのころはテレビは無く、ラジオだったが、父は全部聞いていた。

「カドクラ　カドクラ」

と、アナウンサーは二回、兄の名を言ったという。

フルマラソンは、兄の真似をして、二回、群馬の大会に出たことがある。一回目は折り返し点の二十一キロでダウンしたが、白バイに伴走されて走る気持ちは格別だった。

二回目は、手袋が凍ってしまい、飲料水を取ることが出来ず、三十五キロ地点で、意識がもうろうとなってしまった。体重が四キロ減って、回復するまでに何か月もかかった。

赤児をばしっかりと抱き

高校二年生の終わった春休み、一人で九州に出かけた。

小学校二年生まで住んでいた、大分県坂ノ市町の小学校は、二宮金次郎の銅像はそのままだったが、学校に近い、戦争中よく避難した横穴は影も形もなかった。

阿蘇のふもとの、十人で暮らした六畳の家は物置になっていた。
長崎は浦上天主堂が壊れたまま、足の踏み場もない。

赤児をばしっかりと抱き倒れおり浦上堂のマリアの像は

戦争は宗教も何もかも破壊してしまう。原爆を落とした人はキリスト教徒でなかったろうか。

この旅行は、旅館に泊まる金銭の余裕はなく、たいていは駅の長椅子に寝た。

八代の駅に目覚めて売られゆく少女の話背に聞きており

人吉で犬童百合子さんに会う。祖父は犬童《いんどう》球渓《きゅうけい》と言い、「故郷の廃家」「旅愁」などを作詞した人である。

百合子さんとは、いつ、どのようにして知り合ったのか定かでない。「故郷の廃家」の大好きだったわたしは、わたしと同じ年齢である球渓の孫娘と、知り合う運命であったのかもしれない。人吉は豊かな自然に囲まれた、球磨川沿いの、温泉の香につつまれた町だった。

人吉の霧まく古き城跡に恋めくことも語りあいたり

六年後、ふたたび百合子さんに会ったときは、もう結婚していて、林業関係の仕事をしているご主人と二歳の男の子がいた。

ご主人の案内で、わたしたちは、宮崎県木城町の「新しき村」を訪ねた。「新しき村」は、武者小路実篤とその同志により、理想郷をめざして、大正七年（一九一八）に作られたものだが、ダムの建設による農地水没のため、大部分の人々は他へ移っていた。

大きな家に、武者小路実篤の最初の奥さんだった房子さんと、書生だった杉山正雄さんの二人で暮らしていた。

長い時間、文学の話などして別れたが、帰り、わずかに残った水田の、たわわに実った稲が夕暮の風に揺れていた。

広島に寄る。原爆ドームのあたりは、コンクリートの残骸が、まだ散らばったままで、その上を、女の子たちが飛びまわっている。アイスキャンデーをおごってやって、一緒に遊んだ。彼らはすぐ近くの焼けトタンの家に住んでいた。


広島の原爆館の入場料長崎よりは十円高かり

という歌が残っているが、元の値段がいくらだったか覚えていない。

蚊を避けて火の見やぐらの

高校三年の夏休み、急に思い立って、自転車の一人旅に出た。もちろん、野宿をしながらである。

神流川をさかのぼり、十石峠は道無き道、自転車をかついで越え、長野県に入った。

小海から南へ行く道で、自転車に乗った、少し年上の女の人に出会った。お互いに自転車なので話がはずんで、わたしがアルバイトで稼いだお金で一人旅をしていると聞き、とてもうらやましがっていた。

海の口の町にさしかかると、女の人はとつぜん大声で、

「ナット、ナットウ」

と、叫びだした。納豆売りの行商をしているのだった。

野辺山の駅に寝て、山梨県へ。この間に、次のような歌を詠んだ。

バイトせし金で気ままに旅すると我をうらやむ行商の女《ひと》

塩つけてゆでしかぼちゃを食べている炭焼きの人に道を聞きたり

山梨県では、

花火の音あとにしながらペダル踏む今夜はどこで野宿しようか

我が旅費もかくして得たり砂利ふるう土工ら見ゆる笛吹きの川

などの歌が生まれたが、蚊の多いのには参った。

蚊を避けて火の見やぐらの上に寝るトマト二つを夕食として

静岡県の富士市に出て、静岡駅まで行き、そこから、箱根を越え、東京駅まで、二百キロの道のりを一日で走破。

中山道を北へ向かい、六時間で我が家に着いた。疲れたという感じは無かった。

中央アジアに青く小さく

激しい雨の夕方、花の種を買った。

ある人と別れてきて、もう二度と会うまいと心に決めたときだった。

中央アジアに青く小さく咲くという花の種買う君と別れて

種はとうとう蒔かなかったが、これがその時の作品である。

若者向きの雑誌に特選となり、選者の寺山修司さんは、「二人で花を育てていこうとする、若者らしいとてもよい歌だ」と褒めてくれた。

賞金は五百円で、吹きっさらしの河原で、一日石運びをしても百八十円の時代に、ありがたいことだと思ったが、その雑誌は、すぐにつぶれてしまい、賞金を貰うことは出来なかった。

この短歌は、「カミツケノクニ、萬葉集以来三千人の歌人」という本に転載されたというが、まだ、見たことがない。

二十年後、中央アジアへ行き、「赤い砂漠」というところで、青く小さく咲いている花を見つけたが、葉と呼べるものは見当たらず、白っぽい茎は乾燥しきっていて、やっと生きているという感じだった。

賞金といえば、千円貰ったことがある。

選者は若山牧水の奥さんの喜志子さんで、載ったのは確か「週刊サンケイ」である。

作品は、

溶けゆくにしだいに汚れめだちきぬ屋根より落ちし雪の固まり

進学の夢語りあう

わたしの入った高校は、十割近くが進学希望だった。

進学の夢語りあう友らよりいつしか遅れペダル踏みゆく

模擬試験を受ける必要のない生徒は、校庭で遊んでいた。

模擬試験受けぬ彼らは校庭で竹刀激しく打ち合っている

竹刀激しく打ち合っている彼らの中にわたしも含まれているのだが、あえて、傍観しているような作品にした。

進学せぬ理由を学力無きゆえと書きたりそれも嘘にはあらず
太陽は平等という教師ありかげあることを忘れたもうな
髭も剃らず卒業式に参加せしが我の最後の反抗なりし

父は、たとえ食べることが出来なくても、七人の子を全員昼間の高校に出すという、強い信念を持っていた。

父自身は仙台の専門学校機械科を卒業したが、父の勉強した分厚い専門書は、五、六十冊は有っただろうか。全部原語で書かれていて、何語なのか、わたしにはさっぱり分からなかった。

二十倍の就職試験に

上野駅から歩いて三分の、その会社を受験したのはまだ寒いころだった。社員は全部で十八人。倉庫の前に小さなゴミの山が出来ていて、犬の糞がちょこんと載っていた。

就職難は深刻で、もう六つも落ちていた。だから、この会社には何がなんでも受からなければばならない。

近くの公民館の二階には、八十四人の受験生が集まり、合格したのは四人だけだった。

仕事場は倉庫で、明かりは裸電球が一つぶらさがっているきりである。

トラックがワイヤロープを運んで来ると、二階へ運び、注文があると出してやる。ワイヤロープは、二百メートルずつ丸いたばになっていて、太いものになると二百キロはあった。その仕事が無いときは、ワイヤロープの加工をしていた。

このころ、こんな歌を詠んだ。


無料なる健康診断も行かざりきあまりに汚き作業服ゆえ

疲れ果てワイヤーの上に寝てた昼大学生になりし友来る

若者向けの雑誌に載ったのが次の作品であるが、あとで講談社の『昭和萬葉集』に採用されることになった。

二十倍の就職試験に合格せし我らにて暗き倉庫に働く

戸田橋を渡ればなおも

勤めて一年経てば、夜間の大学に通ってもいい約束だったが、不可能であることはすぐに分かった。住み込みであったから、目が覚めているときは、すべて勤務時間である。午前二時に急ぎの客が来て、たたき起こされて、品物を調達したこともあった。

東京でただ一つだった鮫洲で自動車の運転免許を取り、運転手として、仕事をするようになると、自由な時間はますます少なくなった。北は北千住、南は川崎大師まで、問屋や会社にワイヤロープを運ぶのである。

父母を乗せてやりたし東京に運転手として今日も過ぎたる

という甘い歌を詠んだこともあったが。

どこか、夜、大学へ行ってもいい職場は無いものか。新聞の求人広告を見ては、浅草、渋谷、新宿と東京じゅう探しまわった。

何の夢も無く、毎日、どこかで事件でも起きたらいいと考えていた。故郷では西に浅間山が見える。雪のころは特に美しい。よく煙を吐いていた。

夢無くて浅間の噴火待ち望むそんな青春だったなわれも

秋風の吹きはじめるころ、故郷に帰って大学へ行こうかなと思うようになった。故郷の家から通える夜の学校はないので、昼間、働きながらというわけにはいかない。最低、受験料と入学金。半年分の授業料の一万八千円を用意する必要がある。八千五百円の給料の中から、食事代などを引かれた四千五百円のうち、風呂に行くのさえ控えて金を貯め、まだ真っ暗なうち、友だちにもらった、錆だらけの自転車で故郷へ向かった。上京するときは、石川啄木の短歌集一冊だけを持ってだったが、帰りは何かと品物も増え、上り坂。

戸田橋を渡ればなおもつづく霧高崎までの自転車をこぐ

戸田橋を渡れば埼玉県、まだまだ群馬は遠く、途中から向かい風になり、九時間半かかって、やっとからす川のほとりの我が家にたどり着いたのだった。

風呂焚きてくれつつ

東京の会社を辞め、故郷に帰っては来たものの、一年間、勉強をしていない。大学は受かるとは限らないから、落ちたときのことを考えておかなければならなかった。職業安定所に行ってみたが、たった一つ、工場勤めで、月給四千円というのがあるきりだ。東京の半分以下である。

市役所で、ブラジルへの移民を募集していた。所持金はほとんど無くても、船代と食費は市で面倒を見てくれるという。さっそく応募して、大学に落ちたら、そちらへ行くことに決めた。

この短歌は、そのときのものである。

風呂焚きてくれつつ祖母がブラジルへ行くは止めよと急に言いだす

風呂は母屋から少し離れた、北がわの小屋の中にあった。五右衛門風呂で、木の枝や木の葉、紙屑などを燃やして入った。隙間風は遠慮なく入ってくるが、祖母の焚いてくれる風呂はよく温まった。

祖母は、明治時代、男の人さえあまり乗らない自転車が大好きで、土手から自転車ごと落ちたこともあるという。

　自転車のまだ珍しきころなりて夜々習いしと祖母の青春

　大学受験は、問題文を見てから、たとえば社会だと、世界史、日本史、人文地理、一般社会、時事問題の五つの中から、好きなものを選んでよかった。時事問題は、そういう課目があることさえ知らなかったが、他のものより点が取れそうなので選んだ。

　数学は高校のころ習ったものが全く分からず、授業に出たことも無く、勉強したことの無い一般数学にした。

　こんないいかげんなことで、大学に受かるのだろうか。

　悲惨だったのは英語で、一年間の空白は、出来るものが一つも無いという有様だった。

　世の中には奇跡というものがあるのかもしれない。運よく合格することが出来た。

　三月二十日、十九歳の誕生日をもって、短歌をやめた。啄木の言うような、わたしにとっても『悲しき玩具』であった短歌は、もう必要ないと思ったからである。

　中学生のころから、『啄木歌集』にはずいぶん励まされた。特に、何の希望も無く、東京で暮らしていたころ、自暴自棄にならずに済んだのは、この歌集のおかげである。

短歌を離れたわたしが、どんな学生生活を送ったか。

四年間、大学の講義は一つも休んだことがなく、陸上部に入るよう誘いはあったが断り、吹き荒れていた学生運動の嵐には見向きもせず、いつも、教室の一番前の真ん中の椅子に座って、先生の話に耳を傾けた。

勉強よりも熱心にしたのは、「収入を得ること」である。魚屋さん八百屋さんサラダ屋さんの手伝い。木枯らし吹きすさぶ橋の上にジグザグの仮道を伝って鉄筋を運び上げたり、家庭教師は一晩に三軒掛け持ちをしたこともある。

それでも、授業料の納入は、半年近く遅れることが多かった。窓口の女の人は、そのたびに、優しい言葉をかけてくれた。

通学は、十五キロの砂利道を自転車で通った。古い部品を組み立てたものだったので、一年二年と経つにつれ、手の握りの部分が剝げて棒だけになり、泥除けも取れてしまい、雨の日は背中が泥だらけになる。

ペダルは足を乗せる平らな部分が壊れて棒だけになり、スポークは一本二本とはずれ、輪がゆがんで乗れなくなったころ、やっと卒業することが出来た。

黄金の月

白羊蒼き羊と

二〇〇二年の夏、中央アジア、中国の新疆《しんきょう》ウイグル自治区にある、タクラマカン砂漠に出かけた。

この砂漠の名の語源は、ウイグル語の「タッキリ（死）」と「マカン（無限）」の合成語とされ、「生きては戻れぬ砂漠」という意味だという。

北には「天山南路」、南には「西域南道」といったシルクロードが東西に走っている。サハラ砂漠に次ぐ世界二位の面積を持つ。

鳥さえ飛ばぬ荒涼の砂漠。次々と生まれる灼熱の竜巻。突然歌ごころが湧き、またたくまに、三十首ほど出来た。十八歳で短歌をやめて四十五年めである。

さっそく、群馬の新聞や、全国紙の群馬版に投稿したが、いっこうに載らない。苦し紛れに、朝日歌壇に投稿したところ、載ったのが、これである。

採用されないのがはっきりしないと、他の新聞に投稿出来ないから、群馬で二紙に落とされたこの作品が日の目を見るまでには、一年以上かかった。採ってくれたのは、佐佐木幸綱さんだった。

白羊蒼き羊と色による差別はありや砂漠ゆく群れ

これに味を占めて、読売、毎日、朝日などの全国版、NHKの教育テレビ、BS、神社仏閣などにも、応募するようになった。

新聞やテレビに作品が載ると、またたくまに、インターネットに批評が出る。自作の写真と組み合わせたり、頼みもしないのに、添削してくれる人もいる。褒《ほ》める人、けなす人。にぎやかなことである。

どんぐりの上を歩めば

二〇〇五年四月、宮島全国短歌大会に入賞したので、出かけた。表彰式の前の日の夕方、千畳閣（豊臣秀吉が建てようとした、畳千畳もの大経堂で、その死により、工事が途中で中止され、板壁も天井の板もない未完成の状態のままとなっている）を見に行った。

ちょうど墨染めの衣を着た法師姿の若い男の人が、『平家物語』を琵琶で演奏するところだった。

演目は「大塔建立《こんりゅう》」。鳥羽院の時代、平清盛がまだ安芸守だったとき、高野山の大塔を修理した。老僧が現れ、厳島を修理すれば出世すると言う。清盛は尊く思ってさっそく修理を行なった。すると夢に童子が現れ、銀の小長刀を清盛に授けた。

これが、厳島神社と清盛との初めての出会いである。

あまりにも大きな、廃屋のような建物に、琵琶の音は、朗々と響いた。いつ聞いても『平家物語』は哀しくそして美しい。

厳島神社に奉納した、国宝である清盛直筆《じきひつ》の写経を東京芸術大学で見たことがある。紫の地の巻紙に金泥の力強い文字。たいへんな感動であった。

表彰式が終わると、挨拶に来てくれる人が何人もいた。新聞やテレビでわたしの名をしばしば見たという。歌さえ暗記している人もいた。

入選した作品は、

　どんぐりの上を歩めばどんぐりはつぶつぶと鳴るどんぐり沈む

選者、永田和宏さんの講演はオノマトペ（擬音語と擬態語の総称）についてだったが、わたしの作品の「つぶつぶと」もオノマトペである。

入選作は、厳島神社の朱塗りの回廊に飾られた。

リュック背に一人の道は

二〇〇五年の十一月三日、奈良県桜井市の大神《おおみわ》神社の三輪山まほろば短歌賞に入選した。神社に近い御茶屋さんに泊まる。

表彰式は午後なので、朝、神社の御神体である三輪山に登ることにする。

三輪山については、『古事記』にこんな話がある。

ある姫君のもとに夜ごと男が訪ねて姫は身ごもる。男の素性を怪しんだ両親は、姫に糸を通した針を男の衣の裾に刺させる。翌朝その糸をたどると三輪山の神社までつづいていて、男の正体が神であると知った。

狭井《さい》神社でお祓いをしてもらい、一番と書いてあるたすきを身に着ける。鈴をならしながら、標高四百六十七メートルを目指した。

入選したこの作品について、選者の尾崎左永子さんは講評で、

「道という言葉の使い方がとても不思議な感じです」

と言ってくれた。それもそのはず、元の歌は、旅だったのだが、題が「道」なので、道に変えたのである。


リュック背に一人の道はふるさとの毀誉褒貶《きよほうへん》も追って来ぬなり

二〇〇七年、また入選した。三輪山に登った経験を詠んだものである。

香具山の木の間に見えて一休み三輪山登るこころ清澄

選者の前登志夫さんの講評は、「関東の人は正直ですね」と、ひとこと。

「一昨年も入選しましたね」と、若い巫女さんが声をかけてくれた。

隠岐米に隠岐海苔厚く

二〇〇六年六月、隠岐島での、隠岐後鳥羽院短歌大賞に入選したので、出かけた。表彰式は静かなたたずまいの隠岐神社であった。

選者は、馬場あき子さんで、作品は、前の年に隠岐へ行ったとき詠んだものである。

隠岐米に隠岐海苔厚く巻きたれば島の旨さはバクダンお握り

馬場さんに挨拶をしたら、

「あーら、門倉さん。わたし、あなたの作品ずいぶん採ったわよねえ」

と、言われた。

夜、永田和宏、河野裕子ご夫妻主催の短歌会に出席した。作品は前に提出したのだが、わたしのような作歌経験の浅い者が、上位にゆくことはありえないと、スタンドプレーをすることにした。

雨《あめ》潸《さん》潸《さん》 翠《みどり》 沈《しん》沈《しん》神《じん》馬《ば》笛《ぶえ》河《か》馬《ば》象《ぞう》狒《ひ》狒《ひ》鰐《わに》親《おや》親《おや》子《こ》子《こ》

ところが、ふりがなをつけて提出したのに、漢字だけになっていたから、皆さん、読むのに苦労して、この作品に時間が多くかかってしまった。

雨が絶え間なく降り、緑につつまれたアフリカのジンバブエという国には、カバやゾウやヒヒやワニの親子連れがたくさん居るという生命賛歌である。

歌会の終わった後、漢字ばかりの歌を詠むなんてとんでもないと、忠告してくれる年配の女性もいた。

その後、漢字だけの短歌は、三十首以上作った。そのうちの読みやすそうなものを紹介する。

逢魔《おうま》時雪猫出現顔 悄然《しょうぜん》動作緩慢《かんまん》低音長 嘯《しょう》
崑崙《こんろん》山脈七千未満無名山視界全山唯《ただ》無名山
青梗菜《ちんげんさい》小蕪《かぶ》小松菜大根葉味噌汁中味我家直送
萩満開岩倉遺跡博物館復元銅鐸光輝《こうき》金色

海を行く巨船のごとく

二〇〇六年十一月、源実朝を記念する鎌倉の鶴岡八幡宮献詠披講式に入選したので、表彰式に出かけた。選者は尾崎左永子さんだった。

海を行く巨船のごとくアパートの最上階は朝日照り映ゆ

入選したのは、作品が良いとか悪いとかの前に、特別なわけがあると思っている。もちろん、わたしは、それを考えて、この歌を投稿したのである。

一二一六年六月、東大寺再建に貢献した宋の陳和卿《ちんなけい》が鎌倉を訪れ、源実朝に対面する。陳和卿は、

「あなた様はその昔、宋の医王山の長老であり、わたしはその弟子でした」

と述べ、実朝は以前夢に現れた高僧が同じことを言っていたので、それを信じた。

その年の十一月二十四日、実朝は急に宋へ行くことを思い立ち、陳和卿に命じて、巨大な船を建造させることにした。

翌年四月、船は完成したが、海に浮かぶことはなかった。

北条一族の操り人形のようになっていた実朝は、この巨大な船に夢を託していたのだろう。

仮にも、この国で最高の地位についていた人物が、船に乗って遠い他国へ行ってしまおうと思う。哀しい時代であった。

実朝の最高傑作のひとつ、

大海の磯もとどろによする波われてくだけて裂けて散るかも

は、一般に万葉調だと言われているが、ニヒリズムの歌と位置づける人もいる。

兎萩猿萩鹿萩

奈良県で、『平成万葉集』の短歌の募集があった。四、五千首の中から、たった百首しか選ばれないという情報があったので、考えた末。

『万葉集』に一番数多く詠まれた花は萩。百四十二首である。この萩の歌で勝負しよう。かといって、萩の花をいくら美しく詠んでも、それだけでは無理だろう。下手をすれば、『万葉集』の二番煎《せん》じになってしまう恐れもある。

萩の花を徹底的に調べた。その結果、動物の名のついたものが目についた。イヌハギ、ネコハギ、イタチハギ。

もし、実在しない、動物の名のついた萩を詠んだら、面白いかもしれない。

このことを思いついたのは、学生のころ、中野重治さんの講演を聞いたとき、ご自身の「歌」という詩の初めの部分、

おまえは歌うな
おまえは赤ままの花やとんぼの羽根を歌うな
風のささやきや女の髪の毛の匂いを歌うな

について、なぜ、赤ままの花やとんぼの羽根や女の髪の毛の匂いを歌ってはいけないのかと、ずいぶん非難されたという。

重治さんは、こう答えた。

「詩をよく見て下さい。わたしは、赤ままの花やとんぼの羽根をちゃんと歌っているでしょう」

実在しない萩の花を詠む、何と面白いことか。選者は永田和宏さんと、小島ゆかりさんだ。お二人は、個人的にも話をしたことがあるが、スケールの大きな人柄は、とんでもない作品でもとってくれる可能性がある。

出来上がったものは、

兎萩猿萩鹿萩狸萩狐萩など在りそうな秋

これらの萩は、実在しない。しかし、秋という季節は、実在しないものでも、どこかに有るかもしれないような、不思議な雰囲気がある。狸と狐を最後にもって来たのも計算である。

平成十八年、狙いどおり、奈良県募集の『平成万葉集』に採用された。

青蔵の鉄路に乗れば

青蔵の鉄路に乗れば太りたる人々多し富裕層とか

二〇〇七年十月十四日のＮＨＫ教育テレビで放送されたものである。

選者の高野公彦さんの批評は、

「青蔵の鉄路とは、昨年開通した鉄道で、四千メートルの高原を走る。乗ってみなければわからない光景ですね。お金持ちが多いようだと感じたのでしょう。ユーモラスな作品です」

この鉄道に乗ったのは、二〇〇六年の八月だった。開通とほとんど同時だったわけである。上海、北京などから、チベットへ向かう列車である。

四千メートルどころか、五千メートルの高地を走る。真夏だというのに、雪を頂く山々が右にも左にも。

高原には、野生のヤクが群れをなして猛スピードで駆けていく。中には真っ白なものもいる。

絶滅危惧種《きぐしゅ》となった、チベットガゼル（トナカイに似ているが、角がしなやかで長い）の群れも、のんびりと集まっている。

海抜五千三十メートルの駅に臨時停車したので降りた。歩いたが、まったく息切れもしない。

これはわたしの参加した旅行社が、いきなり青蔵の鉄路に乗るのでなく、だんだんに、体を高地に慣れさせるようあちこち滞在し、日にちをとってくれたためである。列車の中は、飛行機とおなじように、気圧が調節してある。念のため。

車内の光景であるが、中国人は、ほっそりした人たちが多いと思っていたのに、太った方ばかりなので、びっくりした。

遠いチベットへ旅行の出来る、まさに富裕層なのだろう。

飛行機と比べ、列車はたくさんの人を運ぶことが出来る。満員の列車が毎日、漢民族である中国人をチベットへ送りこめば、チベットはどうなっていくだろう。首都ラサの人口は三十七万人。全体では六百万人であるが、青蔵鉄路開通から、たった一年で、漢民族は七百五十万人にも達したという情報もある。

皇帝は風呂の孤独を

NHK教育テレビ二〇〇七年一一月二十五日に放送されたもので、題が「風呂」の作品は、

皇帝は風呂の孤独を楽しみけん石の窓より望むアンデス

選者は川野里子さんで、批評は、「皇帝の孤独とは、アンデスの高い嶺にふさわしいものだったろう。楽しみけんの『けん』は、普通『しか』とするところだが、それでは、ある気分が失われる。こんなところにも、こまやかな配慮がある」という内容だった。

風呂というのは温泉で、ペルー北部の、美しい山々に囲まれた標高二千七百五十メートルの

盆地の、カハマルカという町にある。

この町は、インカ帝国最後の皇帝アタワルパがスペインの征服者フランシスコ・ピサロによって捕らえられ、幽閉された地でもある。

アタワルパは、解放の条件に、監禁された部屋を金銀で埋め尽くすことを約束するが、ピサロは約束を守らず、結局一五三三年の八月二十九日にアタワルパは処刑されてしまう。

このころの日本を見ると、一五三四年に織田信長が生まれ、一五三七年に豊臣秀吉が生まれ、一五四二年に徳川家康が生まれた。

一五四三年には、ポルトガル人が種子島に漂着し、鉄砲伝来。一五五三年、武田信玄と上杉謙信との川中島の戦い、一五六〇年には、桶狭間の戦いで織田信長が今川義元を破り、壮絶な戦国時代に突入していく。

インカ帝国というのは、スペイン人のつけた名前で、正式には、タワンティン・スーユ（四つの州の国）という。

神話によれば、クスコの東南にある洞窟から、四人の夫妻の現れたのが、この国の起源である。その子孫たち、ケチュア族の暮らしている村では、今でも、土地は四つに分けて使うのが習慣となっているそうだ。

日本の江戸時代のお金は、一両が四分、一分が四朱の四進法だった。

アンデスの人たちは、子どものころ、日本人と同じように、お尻に青い色（もうこはん）があるという。
地球の反対側にある国なのに、どうしてこんなに似たところがあるのだろう。

風呂敷に包んだ資料を

この短歌は、二〇〇九年十二月六日、ＮＨＫの教育テレビで放送された作品で、選者は今野寿美さん。題は「包む」である。

風呂敷に包んだ資料を交換し裁判所とてのどかなるかな

ゲストの東京大学大学院教授の、塚谷裕一さんの批評は、
「裁判員制度が始まって、一般市民と裁判所の距離はちょっと近くなりつつありますが、まだまだ遠い。裁判所というなかなかイメージのしにくい所に、なにかの機会にこの作者の方は、出かけたのでしょう。そうしたら、資料を風呂敷に包んで交換している。言い得て妙、のどかな感じです」

今野寿美さんがそれを受けて、

「厳粛な裁判所の中で、この風呂敷包みが、体温を添えているような感じがします。それをのどかなるかなと言ったところが面白い」


その後まもなく、ＮＨＫ教育テレビで、また、今野寿美さんの選で、次の短歌が放送された。題は「坂」。

幼き日棲みし坂町坂が無く今棲む岩鼻坂の町なり

「地名に坂がついていても、坂があるとは限らない。そのあたり実体験として、ユーモラスに手際よく語っています。岩鼻という地名が突端を思わせて、素朴な味わいを持っているから、この地名の良さもうまく作用しているのでしょう」

と、今野さんの批評。

わたしとしては、素朴に事実を詠んだだけだが、今棲んでいる「岩鼻」という地名が味わいがあるとは、運がよかった。

紅の色が日陰を

我が家からからす川に架かっている柳瀬橋をわたり、土手沿いに東へ下っていくと、左に竹藪がある。

土手には、右左、彼岸花が燃えるように開いて、それはそれで美しいが、竹藪の下、暗闇に咲く彼岸花は、これまた、何とも言えない味がある。

NHK・BSの「列島縦断短歌スペシャル」のこの日の題は「色」だった。

紅の色が日陰を覆いたり日陰すべてを彼岸花占め

選者の尾崎左永子さんの批評は、

「彼岸花の歌はたくさんあったけど、日陰の彼岸花を詠んだのはこれ一つでした。見ているところを見ているのですね」

これを受けて、岡井隆さん、

「不思議な歌だね。これ、上の句も下の句も同じことを言っているんだよね。それでいて、いいなあと思った」

尾崎さんが応えて、

「そうなんです。何となく情感がある。情景が見えてくる歌ですよ」

この時までに、集まっていた短歌の数は、二二五〇四首。

尾崎左永子さん選の十首の中に残った。

右左初心者風の

NHK・BSの第二十六回「列島縦断短歌スペシャル」は四月二十六日、題は「水」だった。

岡井隆さんの選んでくれたのが、

青鷺も狸も鯉も居なくなり池の何とも静かなる水

環境破壊の問題なのだろうが、青鷺と鯉はともかく、狸の出てくるのが面白いと批評。

すると、尾崎左永子さんが、

「狸と鯉は旁《つくり》が同じですね。遊んでいらっしゃる」

「それが生きている。うまい」

と、岡井さん、とても褒めてくれたのに、最後の、作者が選ぶ十首選には残らなかった。

午前、最後の作品として、

右左初心者風のバタフライなかのわたしの浴びる脇水

がテレビに出る。ここまで三千百三十五首です。有難うございました。と司会の加賀美幸子さんが言う。

選んでくれた栗木京子さん。

「スイミングスクールの情景なんでしょうが、上手でない人のバタフライは水しぶきがものすごいでしょうね。『脇水』という語がまだ動くかなと思います」

すると、隣に居た岡井隆さんが、

「これは造語（新しく作った言葉）ではないかな」

そのまた隣の尾崎左永子さんが、

「湧き水ならあるけど、脇水は無いでしょう」

「面白いこと、考えましたね」

と岡井さん。

この作品は、十首選に残った。

もっと飛ぶ紙飛行機を

二〇〇九年十月二十四日のNHK・BS「列島縦断短歌スペシャル」の題は、「飲む」「紙」で前からメールなどで応募してよいことになった。当日発表された題は「銀」。当日の題だけより、だいぶ楽になった。

前から集まっていたのは千六百四十五首で、始まるとすぐ、わたしの次の作品がテレビに出た。

もっと飛ぶ紙飛行機を持ってると弾道ミサイル引き出して来る

びっくりしたのは、何と、これを採ったのは俵万智さんなのである。『サラダ記念日』は読んだことがあるし、読売歌壇などで選ばれた作品を見ると、とても感覚的で、デリケートなものがほとんどである。間違っても、社会性のあるものなど選ぶことは無いと思っていた。

批評は、

「これは北朝鮮のことだと思いますが、子どもっぽい表現、可愛い言い方で、弾道ミサイルなんか、紙飛行機にすぎないのではないかと、痛烈な批判があります」

嫌な人に会いたるときは

ＮＨＫ・ＢＳ「列島縦断短歌スペシャル」は、「ニッポン全国短歌日和」と名前を変えた。内容も、後半、選者の方々が、自分の良いと思う作品を出して討論し、他の人を含めて投票して、最後に一つの作品に絞るというものになった。

二〇〇九年春、題は、「鉛筆」「苺」「ただよう」の三つ。

飛ぶ泳ぐ潜るただよう鴨たちに暗い夜明けの雨が広がる

が、テレビに出た。アーサー・ビナードさん選である。批評は、「動詞がたくさん出てくる。『ただよう』が動詞なのでそれに、他の動詞をくっ付けたのだろう。上の句がリズミカルで驚きがある。

最後が尻すぼみ。鴨が尻だけ残して水の中に沈んでしまっている。『雨が広がる』以外のことで、落としたら、もっとよくなったろう」

「ニッポン全国短歌日和」の二〇一〇年春、題は「耳」「歩く」「地名」であった。アーサー・ビナードさんが、また、採ってくれた。

嫌な人に会いたるときは聞こえない右の耳にて挨拶をする

批評は、

「都合が悪いとか嫌なときは、聞こえないものだけと、この人は、意図的になんですね。デトロイトのわたしの祖母に似ている。いじわるじいさんのほのぼのとした感じがいい」

「ニッポン全国短歌日和」の二〇一〇年秋、題は「打つ」「水」「地名」だった。東京大学教授の国文学者ロバート・キャンベルさんが、次の歌を採ってくれた。

絵は所詮絵空事だと言う画家の空がのたうつ教会軋《きし》む

批評は、

「絵は絵空事だよと、画家が教会に入ったとたん、きしきしと軋む、幻想的な作品」

このときは、「一次選考通過作品」として、テレビの左側に作品と作者名が提示された。わたしのものは、この歌を含めて、九首登場した。しかし、次の段階までは、一つも行くことはなかった。

次の年、三月十一日、東日本大震災大津波と原子力発電所の事故が起こり、ＮＨＫのＢＳ短歌は消滅した。

ペテルブルグと駅も名を変え

四十年前に来たときは、レニングラードと呼ばれていた町が、サンクト・ペテルブルグになっていた。

ペテルブルグと駅も名を変え駅員は切符売るにも英語を話す

見学場所も、前には無かった教会や修道院ばかり。あまりにもたくさん見たので、くたびれて、木陰のベンチに休もうとすると先客が居て、黒猫が我が物顔に長く伸びている。

「ミーラヤコーシカ（かわいいお猫ちゃん）」

と呼びかけるとベンチを少しあけてくれた。

ロシアの猫はロシア語が分かるようだ。

博物館の屋上へ上る入場券は、各自買わなければならないので、窓口で、

「スコーリカストーイト」

と、ロシア語で値段を聞いた。すると、近くのベンチに休んでいたおばあさんが、びっくりした顔で、話しかけてきた。ロシア語を話せるのかと聞いているらしい。

冗談のつもりで、

「ヤーガバリュウパルースキー　オーチンハラショー（わたしはロシア語を話すのがとてもまい）」

と言ったら、早口でどんどん話しはじめた。

四十年前、ラジオで少し習っただけのわたしが、理解できるはずがない。屋上へ逃げて行って、長い時間経って降りてきたら、ちゃんと待っていた。

外国語で冗談など言うものではないと身にしみた。

自宅に帰ってから、前橋にあるロシア語教室に通うことにした。シベリアに抑留されていた人たち、五人ほどと友だちになった。彼らは抑留されていたときの話は、鍋でビールを作ったとか、面白そうなことしか言わない。

その中に、髪の毛も髭も真っ白な、物静かな紳士がいた。いつもにこやかであるが、忘年会や新年会など、ロシア語の寸劇をして、一座が盛り上がったりしたときも、目は絶対に笑ったことが無い。

後で聞いたことだが、かれは、中国大陸に展開していた日本陸軍の、諜報機関に所属していたのだという。

諜報部員と分かったら、ただちに命が無かったにちがいない。

若き日のサハラの旅は

ヨーロッパを一人旅していたころのことである。ノルウェーの最北の駅、白夜のナルビクに着いたとき、突然、アフリカへ行きたいと思った。

南へ南へ、わたしは列車に乗った。


旅一人ただアフリカを目指すなり　列車ひたすら　南南南南

オスロー、コペンハーゲン、ハンブルグ、パリ、マドリード。夜汽車も昼の列車も乗り継いで、スペインの南、アルジェシラスの港に着いた。

アフリカへは、二つの航路がある。安い方の切符を買った。

着いたのはセウータ。スペイン領である。アフリカではあるが、アフリカとは言えまい。

これで、あきらめるわたしではない。次の年、パリ経由の飛行機で、北アフリカのチュニジアに行った。

首都チュニスの駅は普通の民家のようで、黒板にアルジェリア方面行きの列車の時刻が二つ、白墨で書いてあった。

コンスタンチンで降りて、サハラ砂漠のビスクラへ向かう。

アトラス山脈を越えると、サハラは普通にイメージする砂ではなく、荒涼とした、赤土や石ころが続いているばかりだった。

泊まるところが無く、夜行バスで、アルジェリアの首都、アルジェを目指す。

　若き日のサハラの旅は種赤きサボテンの実の甘き思い出

サボテンの実はピーンという名である。まぬけのピーマンと覚えた。甘い、おいしい果実であった。

アルジェでは、港を背にして右へ行き、階段を左へ登る、憧れのカスバに行った。

　アルジェなるカスバの宿は日もささずとなりの家の咳《せき》聞こえくる

白い壁に包まれた迷路のつづく町、小さな広場に、お年寄りの方々が、ゆったりと水タバコを吸っている。

対フランス独立戦争のころ、拠点となったアルジェのカスバは、今、平穏な日常生活となっていた。

神の使徒荒野に向かい

インターネットに、こんな批評があった。

二〇〇四年三月二十九日に載った短歌について。

朝日歌壇の近藤芳美選の第一首、「神の使徒荒野に向かい叫ぶとか荒野というは我ら民衆（高崎市）門倉まさる」。

近藤氏は「神の使徒らはつねに荒野に向かって叫んだという。そして、荒野とは、我ら民衆でもあったとうたう。聖書か何かからの連想であろうが、作者がうたおうとしているものは今への思いであろう」と評している。

洗礼者ヨハネはエルサレム神殿の祭司・ザカリアの一人息子であった。当然、祭司になるべき人であった。ところが、成人したヨハネはエルサレム神殿を捨て、荒野に立った。荘厳ではあるが、腐敗し切ったエルサレム神殿からは神に関わる真実は起こり得ないと捨てたのであろう。ヨハネは荒野に立ち、「らくだの毛衣を着、腰に革の帯を締め、いなごと野蜜を食べていた」。旧約聖書の預言者イザヤのいでたちである。

荒野とは、出エジプトをした後、モーセに率いられ四十年間、放浪して苦しんだイスラエル人の原点である。ヨハネはこの原点に立ち、信仰の父・アブラハムの子孫であるなどという既得権はない、今、ここで初々しく神を信じて、悔い改めよと激しく語った。身を捨てて、神の真実を語るヨハネの言葉に、人々は心打たれ各地から続々と集まり、悔い改めの洗礼を受けた。人々の心を神に向けさせたヨハネの洗礼運動がイエス・キリストの道備えであった。聖書は、これが「福音の初め」であったと告げている。

門倉氏は、荒野は我々民衆が生きている「場」ではないかと歌っている。私たちの生活は潤いのない荒野のように殺伐としてきた。憎悪は増幅されて暴力の連鎖を生み、弱い者は萎縮させられ、人心は荒廃の一途を辿っている。この荒野に向かって叫ぶ使徒はいるか、またその叫びを聞く耳を持っているか。

荒野とは「原点」である。原点では苦悩を強いられるが、神に立ち返る「場」でもある。神への立ち返りは権力や物やメディアに支配、懐柔されないで、私の「主体性」を回復することである。荒野に生きる民衆の主体性が歴史のあり方を変えていくという希望を持ち続けたい。この希望こそが「荒野」の意味ではないか。荒野を嘆く前に、ここを恵みの場と捉えることが信仰であろう。

作者はこんな深い意味を考えたわけではない。ある学校に勤めることになって、授業をしてみると、誰も聞く耳を持たない。まさに荒野に向かって叫んでいるようなものだった。まさかわたしが神の使徒などというわけではない。もし、神の使徒が民衆に話をするとしたら、何も理解しようとしない民衆の一人として、わたしもそこにいたかもしれないと思っただけである。

海ゆがみ津波を起こす

インターネットに、次のような批評があった。

二〇〇五年一月三十一日（月）津波と戦争に何の関係があるんだっての。久々に朝日歌壇らしい、電波歌が登場。

◆　海ゆがみ津波を起こす　人ゆがみ他国を攻める　ゆがむ恐ろし

（高崎市　門倉まさる　高野公彦選）

【選者の評】最近の大津波や戦争への恐怖を、簡潔に「ゆがむ」という一語で表現したのが見事。

※「他国を攻める」とは、どこの国のことを指してるんですかねえ。だいたい、津波と戦争なんて全然関係ないですね。

この方は、他にも、わたしの短歌について、たくさん、辛口の批評をしてくれている。的外れだと思うものもあるが、書く立場としては、褒められるより、非難されてこそ、一人前ではないか。

この歌にしても、論理的に考えすぎているようだ。短歌は詩であり、感覚的なものなのだから、津波と戦争に何の関係も無くてもかまわないし、具体的にどこかの国をせめるというものでもない。

架空の、夢の中の話ととってもさしつかえあるまい。ただ、「ゆがむ」ことがどんなに恐ろしいことか。その雰囲気、気分を汲み取ってもらいたいのだ。

トナカイは角にみどりの

ヨーロッパの最北端、ノルウェーのノールカップ（北岬）に、真夜中の太陽を見に行った。途中、サーメ人の経営する店に寄る。

ロシア、フィンランド、スウェーデン、ノルウェーにまたがる、北極圏の地は、ラップランドと呼ばれ、トナカイと暮らすラップ人が、国境などかまわずに行き来していたが、「ラップ」とは追われた人々という意味の差別語で、本人たちは「サーメ」と呼んでいる。

店の横に、サーメの男の人が一頭のトナカイを連れて立っていた。肩と前ボタンのあたりとそで口が赤く、ほかは青の服を着て、鼻の高い、白人のような顔である。

トナカイは角が苔におおわれたように、緑色に光っている。背中や足の毛がところどころはげているのは、かなりの年齢なのだろうか。

　トナカイは角《つの》にみどりの苔生えて旅人われを迎えてくれぬ

ノールカップは、高さ三百メートルの断崖の上。風が強く、真夏だというのに、真冬の支度でも寒い。積み上げられた石を風よけにして、真夜中になるのを待った。

太陽はゆっくりと、海へ下りていく。

寒い風をのがれて、わたしのそばに人々が集まってきた。中国語、フランス語、英語、ドイツ語、オランダ語。たくさんの言葉が飛び交う。

あたりは明るいことは明るいのだが、どこか影があるような、月夜のような雰囲気がある。

太陽は水平線のすぐ上にちゅうぶらりんのまま、動かなくなった。

海が太陽に向かって、黄金色の波を立て始め、あたりは、黄色いような影の無い感じの明るさになり、太陽は昇り始めた。

満月の夜に立つ虹は

南アフリカのジンバブエを中心に、野生動物たちや、ビクトリアの滝を見に行くことになった。子どもでもないのに、と、あまり気は進まなかったが。

まず、バスで、ボツワナとの国境沿いに広がる、ジンバブエ最大の野生動物国立公園（ワンゲ国立公園）に行く。頭上をテントで覆った六人乗りの自動車に乗り換え、出発。

このあたりは、サバンナで、あまり高くない木がまばらに生えている、動物たちにとって、住みやすいところといえる。

象にはよく出会った。子どもの象も居るが、母親は、わたしたちを見ると、すぐに、背後に隠して身構える。

出会いがしらに、とても大きな象にぶつかりそうになったことがある。すると、車は運転手が何もしないのに、十メートルほど後ずさりした。車も巨大な象は怖いのか。

キリンは首が長くて、木々の梢の葉を食べるには便利だが、川辺で丈の低い草を食うには、長い足を大きく広げ、四つん這いになって、大変そうだ。

ライオンの家族もすぐ近くで見た。のんびりと昼寝をしたり、くつろいでいる。

カバにもワニにもインパラにも出会う。アフリカの大きさをあらためて思う。

大河ザンベジ川の中流、ジンバブエとザンビアの国境にビクトリアの滝はある。南米のイグアス、北米のナイアガラと並んで世界三大瀑布と言われている滝は、現地の言葉で、「モシ・オア・トゥンヤ（雷鳴とどろく水煙）」と呼ばれている。

滝はものすごい水煙を吹上げているので、雨合羽がないと、近づくことが出来ない。ものすごい音のあいだを虹が次々と現れる。まさに、こんな感じである。

　アフリカの大きな滝のとどろきは象に虹立つ河馬に虹立つ

夢中になって写真を撮ったが、滝の写真のほとんどは虹であった。

満月のときは、真夜中、月の虹が立つというが、滞在を延ばすわけにはいかない。しかたなく、頭の中に真夜中の虹を描いて、

　満月の夜に立つ虹は滝の底寝転ぶごとく現われにけり

読売歌壇に投稿したら、俵万智さんが採ってくれた。

長白山天池を見んと

二〇〇七年の春、北朝鮮と中国の間を流れる鴨緑江の、中国側をさかのぼり、源流までの旅をした。

源流は、中国では長白山、北朝鮮では白頭山という海抜二千七百五十メートルの山にあるカルデラ湖で、両国ともに天池《てんち》と呼んでいる。

長白山天池を見んと登りたれば山埋め尽くす韓国言語

晴れ渡った山は、人だらけだった。通行禁止の綱が張ってあるのに、平気でオーバーハングの崖の上まで行く人が多い。会話は中国語よりは、圧倒的に、韓国語が多かった。

安全な場所から、北朝鮮領を望む。まったく人影がない。

七年前の夏、わたしは白頭山にあこがれて北京経由で平壌に入り、登ったことがある。平壌から北に向かう飛行機から見えるものは、白一色のジャガイモの花。人口二千四百万人のうち五百万人が飢えているという。窮余の一策がジャガイモか。

インカ帝国の主食はジャガイモだった。ジャガイモは病気に弱く、一度罹ればその種類は全滅してしまう。彼らは品種改良を重ね、五百種類にも達したという。インカの民衆が飢えたという話は聞かないが、たった一種類のジャガイモに民衆の命を託す。この国の何と危ういことか。白頭山は思ったとおりの美しい山。晴れ渡った空澄みきった池。竜が棲んでいるというのもうなずける。

最高峰の二千七百五十メートルを目指したが、あと十メートルというところで、猛烈な吹雪。真っ暗で何も見えない。寒さに震えながら逃げ帰ったのだった。

目の前の、韓国という、北朝鮮の南に住む同じ民族の若者たち。経済的に余裕があるから、ここに来るのだろうが、何というあけっぴろげな、屈託の無さ。

飛び上がり頭蹴る蹴る

二〇〇七年四月十六日に朝日歌壇に載ったこの作品について、インターネットで添削して下さった方がいる。原作とどちらがいいだろう。

◎飛び上がり頭蹴る蹴る飛び上がり頭蹴る蹴る鴉のいじめ

一年ちょっと前に、この地に転居してからは、ケンカしている鴉を見たことは有りませんが、以前住んでいた所では、度々このような情景に接したことが有りますので、歌われている内容は、良く分かりました。が、結句「鴉のいじめ」で、いきなり惜しい作品になってしまいました。「鴉のいじめ」では、それまでに歌われた鴉の仕草の説明になってしまっていて、一首の歌意を全く幻滅させてしまっています。

「頭蹴る蹴る」も状況が浮かんできて、良く分かるのですが、欲が出てしまって、ちょっと変化を付けて見たら。と思いましたので、こちらもちょっと改作してみました。

原作　飛び上がり頭蹴る蹴る飛び上がり頭蹴る蹴る鴉のいじめ

改作　飛び上がり頭蹴る蹴り飛び上がり頭蹴る蹴り鴉飛び立つ

前句「頭蹴る蹴る」を「頭蹴る蹴り」と「る」を「り」に一字変えてみました。たったこれだけの違いですが、〈蹴る飛び上がり〉と〈蹴り飛び上がり〉では、名詞を動詞に変えただけなのですが、鴉の動作に、大分変化が出て、大分面白くなったのではないかと思います。

それにまた結句の「いじめ」を「飛び立つ」に変えてみました。

これで、「いじめ」の言葉が持つ陰湿さから、飛び立って何も無い状態の、カラッとした感じの歌に変わったように思いますので、この方がずっと安心して読めるようになったのでは無いかと思いますが、いかがでしょうか。読みながら、ハラハラさせられたのでは、ちょっと疲れてしまいますので。

選者の馬場あき子氏は、こちらの歌を二番目に置いていますが、私は歌の面白さから言えば、むしろこちらの歌を、一番に置いても良かったのではないかと思います。

わが村になだらかな坂

インターネットでこんな批評も見た。

2009．3．9付　朝日歌壇より

わが村になだらかな坂一つあり風呂屋は坂下寺は坂上

（高崎市）門倉まさる

〔永田和宏、馬場あき子選〕

馬場あき子評「村にある一つの坂の上と下に建っている寺と風呂屋の景を見せただけだが、寺は自ずから上にあり、村民のくらしも想像できる」

何で、寺は「自ずから上」なんですか？

〇〇山◇◇寺、と山に寺を建てるのはなぜですか？

釈迦は「超越者」を認めませんでした。信ずる者は救われるとは、釈迦は決して言いませんでした。

信仰・崇拝ならば上でしょうね。

普通の人々の心を支え、より良き生へと寄り添っていこうと願うなら、「上」ではなく、「横」または「下」に寺はあるべきではないんですか？

お寺の財宝なんか守っていては「仏教者」とは申し上げかねますよ。

財宝が人・生命、以外にありますか？

私は日本の仏教というものをほとんど信用していません。

わたしの住んでいる村の様子を事実の通り詠んだだけなのに、とても真剣に考えて下さった。

乙女らは薄き緑を

定年退職後しばらく経って始めた短歌も、そろそろ十年になる。作歌は主に、毎日散歩する近くの森である。

初めのころは、毎日のように短歌が浮かんだが、春夏秋冬は同じようにやってきて、だんだん感動が無くなってきた。

定年直後、腰痛のため走れなくなったが、七十歳を過ぎてから一年半ジムに通い、十八キロの体脂肪を三分の一に減らして、再び走り始めた。

森の中は、歌を詠みながら歩くより、何も考えずに駆けめぐる方が、ずっと楽しい。

たまに三十一文字が脳裏に浮かぶことがあるが、家に帰って書き留める。

紅梅のあとに見たれば白梅は黄色に見ゆる曇天の下

歩きながら紅梅を見て白梅を見ても、黄色には見えない。走っているからこそ感じる残像現象である。

乙女らは薄き緑を身に着けて森の夜明けにひっそりと立つ

乙女とは、薄緑の葉をまとい始めた木々のことである。走っていると、木々がまるで少女たちのように見える。走るからこそ幻想の世界に身を置くことが出来る。

今のわたしにとって、短歌は人生を豊かにする玩具《おもちゃ》のようなものだ。手ざわりも好い。

あとがき

日本児童文学者協会群馬支部、虹の会発行の「虹」という同人誌に、二〇〇九年から載せてきた随筆を一冊にまとめました。子ども向けの読みものとして、わかりやすく楽しく読めるように心がけました。

二〇一三年秋

門倉まさる

著者略歴

門倉まさる

一九三九年、群馬県高崎市に生まれる。
群馬大学学芸学部人文科学科を卒業。
埼玉県立鴻巣高校、群馬県立前橋第二高校、高崎経済大学附属高校などで国語教師を務め、一九九八年に定年退職。
一九六二年に日本児童文学者協会群馬支部、虹の会を設立。二〇一三年現在、事務局長。同人誌「虹」は一二六号を数える。
一九八七年、童話集『チェンマイのシンデレラ』上毛新聞社
二〇〇一年、童話集『北アフリカ、西の地の果ての国の物語』文芸社
二〇〇三年、短歌集『十七歳』近代文芸社
二〇一三年、短歌集『黄金の月』短歌研究社

検印
省略

二〇一三年十月十五日　印刷発行

随筆集　短歌《たんか》の風景《ふうけい》

定価　本体一〇〇〇円
（税別）

著　者　門倉《かどくら》まさる
郵便番号三七〇―一二〇八
群馬県高崎市岩鼻町二六五

発行者　堀山和子

発行所　短歌研究社
郵便番号一一二―〇〇一三
東京都文京区音羽一―一七―一四　音羽YKビル
電　話〇三（三九四四）四八二二番
振　替〇〇一九〇―九―二四三七五番

印刷者　豊国印刷
製本者　牧　製　本

ISBN 978-4-86272-361-1 C0095 ¥1000E